Guy de Maupassant

L'Inutile Beauté

*Édition présentée, établie et annotée
par Claire Brunet*
Maître de conférences
à l'École normale supérieure de Cachan

Gallimard

PRÉFACE

Je suis avant tout un regardeur [1].

« *Établir les règles d'un art n'est pas chose aisée...* »

Paru en avril 1890, L'Inutile Beauté *est le dernier recueil de contes et nouvelles publié du vivant de l'auteur. Depuis* Mont-Oriol *(1887), il n'avait confié aucun ouvrage à l'éditeur Victor Havard. Pourtant, fin 1888, de Tunis, travaillant à* Fort comme la mort, *il lui avait écrit : « Dès que mon roman sera fini, je commencerai une nouvelle pour la* Revue des Deux Mondes. *Je vous la donnerai en tête du volume que je vous ai promis (...). Si vous voulez annoncer ce volume qui sera prêt au printemps, en voici le titre :* Les Cœurs étrangers. » *Politesse ou stratégie ? Un voyage, la folie et la mort de son frère Hervé retardent la promesse bien qu'il publie chez Ollendorf, par exemple,* Pierre et Jean *en 1888,* Fort comme la mort *et* La Main gauche *en 1889.*

Il faut attendre janvier 1890 pour que Maupassant

---

1. Propos tenu en 1893, cité par Vladimir Biaggi dans sa préface du recueil *Au Salon, chroniques sur la peinture*, Balland, 1993.

envoie à Havard un texte qu'il destine au Figaro *mais qui sera la première nouvelle du recueil :* Le Champ d'oliviers. *Un mois plus tard, l'éditeur reçoit la nouvelle* Lequel ? *qui doit figurer en seconde position. Elle est le lendemain rebaptisée :* L'Inutile Beauté. « *Viendront ensuite, précise Maupassant,* Mouche, *paru à* L'Écho *il y a quinze jours, puis* Le Noyé, L'Épreuve, Le Masque, Un portrait, L'Infirme, Les Vingt-cinq francs de la supérieure, *que je vous adresse aujourd'hui. Vous ajouterez encore* Qui sait ? *et* Le Train monégasque, *à paraître d'ici quinze jours dans* L'Écho de Paris. »

Le contenu du volume est donc quasiment arrêté. Ce sont des nouvelles plus ou moins récemment parues dans la presse. Il est usuel, en effet, de distribuer la publication des textes entre différents journaux pour les reprendre en recueil en les modifiant si besoin. Ainsi, lorsque Victor Havard lui remet — très rapidement — les épreuves, Maupassant récrit la fin du Champ d'oliviers, *corrige* L'Inutile Beauté *et intervertit l'ordre prévu :* L'Inutile Beauté *ouvrira le volume et lui donnera son titre.* Un cas de divorce *remplace* Le Train monégasque *non écrit et prend l'avant-dernière place.* Qui sait ? *va clore le volume sur un point d'interrogation.*

Maupassant a disposé les textes du volume délibérément. Sans que l'ensemble progresse selon la logique souhaitée par Aristote dans la Poétique, *le premier et le dernier morceau n'en comptent pas moins comme un début et une fin. Non que le premier texte propose un art poétique mis en œuvre par les pièces suivantes pour aboutir à l'interrogation finale en passant par l'image inversée du perroquet des* Trois Contes *de*

Flaubert (Le Noyé), *mais pour des raisons de valeur.
Pas plus que le* muthos *aristotélicien, la composition
d'un recueil n'obéit au principe de l'unité temporelle* [1].
*Et à la différence du roman, plus ou moins héritier des
poétiques classiques, le recueil de contes n'est pas sou-
mis à l'impératif de l'unité. Le roman comme le recueil
de nouvelles sont cependant astreints à une logique,
serait-ce celle de l'industrie littéraire dont* Bel-Ami *a
dressé une charge dans le droit fil du Balzac d'*Un
grand homme de province à Paris...

*Si diverses que soient les pièces et si aléatoires
qu'elles semblent, elles composent un ouvrage qui
n'est ni tout à fait un livre au sens rigoureux du terme
(celui que Baudelaire réclamait pour* Les Fleurs du
mal *plutôt que celui du livre mallarméen : une archi-
tectonique) ni tout à fait un album dont, pour
reprendre les mots de la lettre-préface au* Spleen de
Paris, *le lecteur peut interrompre sa lecture à tout
moment. Ni* Madame Bovary *ni le* Dictionnaire des
idées reçues.

*Maupassant qui avait appris à composer avec Flau-
bert savait la différence. Dès* Boule de suif *dans* Les
Soirées de Médan [2], *il voulait parvenir au roman. Les
commentateurs ont constaté son souci grandissant
d'en écrire, en même temps que sa relative désaffection
à l'égard des formes courtes vers la fin de sa vie où se*

---

1. On consultera les commentaires que Paul Ricœur propose de la
Poétique dans *Temps et récit, I*, Seuil, 1991 : « Non seulement le temps
n'est pas considéré, mais il est exclu : ainsi (...), Aristote oppose deux
sortes d'unités : d'une part l'unité temporelle *(hénos khronou)* (...);
d'autre part l'unité dramatique, qui caractérise "une action *une*" (59 a
22) qui forme un tout et va jusqu'à son terme, avec un commencement,
un milieu et une fin » (p. 67).
2. Ce recueil offre un autre type d'unité puisqu'il trouve sa cohérence dans le thème choisi — la guerre franco-prussienne — contrainte
formelle pour Zola, Maupassant, Huysmans, Céard, Hennique et Alexis.

succèdent, au rythme d'un par an, Mont-Oriol, Pierre
et Jean, Fort comme la mort, Notre cœur... *Ce souci,
en un sens, était d'époque si l'on songe que 1884 voit
la publication d'*À rebours *et 1887 celle de* La Terre.
*S'ouvre alors une crise de ce genre qui réunit tant bien
que mal les expériences décadentistes, les enquêtes
naturalistes, les exercices du style artiste, l'intimisme
psychologique et bientôt le monologue intérieur. Maupassant, sensible à ce problème, en retrace l'histoire
dans son essai sur* L'Évolution du roman au XIXᵉ siècle *et témoigne d'une réflexion dont la préface de*
Pierre et Jean *donnait le premier état — la matière
étant fournie par la lecture de Flaubert, Balzac et
Tourgueniev, sans omettre* Manon Lescaut *où il voit
naître « l'admirable forme du roman moderne* [1] *».*

Ainsi il est plus attentif aux problèmes d'écriture et
de composition qu'on ne l'a parfois reconnu. Il
esquisse par exemple une opposition entre l'auteur de
Madame Bovary *et Balzac « qui, ayant cent fois plus
de matériaux qu'il n'en faut pour construire une maison, emploie tout parce qu'il ne sait pas choisir, et crée
néanmoins une œuvre immense, mais moins belle et
moins durable que s'il avait été plus architecte et
moins maçon : plus artiste et moins personnel ». Flaubert seul est artiste : « Lui aussi il construit sa maison,
mais il sait les matériaux qu'il doit employer, et il
rejette les autres sans hésitation. Aussi son œuvre est-
elle absolue, et on n'en pourrait enlever une parcelle
sans détruire l'harmonie totale* [2] *... » Dans la* Revue
bleue *de janvier 1884, Maupassant souligne le « tra-*

1. *Chroniques*, tome 3, Hubert Juin éd., *10-18*, domaine français,
1980, p. 379.
2. *La République des Lettres*, 23 octobre 1876, signé Guy de Valmont,
cité dans la *Correspondance Flaubert-Maupassant*, p. 270, Flammarion,
1993.

vail de composition surhumain » *mené pour* L'Éducation sentimentale *comme il fait preuve d'une vraie
conscience littéraire en qualifiant* Salammbô « *une
sorte d'opéra en prose* ». *Au jeune Maurice Vaucaire, il
écrit :* « *Je crois qu'il faut éviter les inspirations
vagues. L'art est* mathématique, *les grands effets sont
obtenus par des moyens simples et bien combinés* [1]. »
La succession des textes de L'Inutile Beauté *ne relève
donc pas du hasard.*

    *Dans ce recueil, les thèmes familiers de Maupassant
côtoient les modalités particulières de son discours ou
la diversité des genres qu'il a pratiqués ; ses obsessions, les différentes situations que le conte ou la nouvelle ménagent et les mondes spécifiques que tentent
de ranger les taxinomies de l'histoire littéraire (contes
vs nouvelles, contes normands vs contes parisiens...).*
    L'Inutile Beauté *traite de la paternité et de la bâtar-
dise, de la psychologie féminine et du mensonge. Avec*
Le Champ d'oliviers, *nous retrouvons le Midi et la
sensualité qu'il avait si bien décrits aux premières
pages des* Sœurs Rondoli — *toute la puissance des
perceptions et tout le plaisir des sens à propos desquels
Maupassant écrivait à Gisèle d'Estoc dans une lettre
de janvier 1881 :* « *Vous dites que j'ai le sentiment de
la nature ? Cela tient, je crois, à ce que je suis un peu
faune. (...) La mélancolie de la terre ne m'attriste
jamais : je suis une espèce d'instrument à sensations
que font résonner les aurores, les midis, les crépuscules, les nuits et d'autres choses encore.* »
    Qui plus est, Le Champ d'oliviers *oscille aussi entre*

---

    1. Lettre citée par Louis Forestier dans sa « *Notice* sur "Le roman" »,
bibliothèque de la Pléiade, p. 1475. (De cette lettre du 17 juillet 1886
provient le titre de la première partie de notre introduction.)

*mythe tragique et crapulerie. D'une part, Maupassant
y réactualise à sa façon la souffrance du Christ au
mont des Oliviers. De l'autre, dans sa première version
notamment, il nous ramène au fait divers et nous renvoie à une tonalité très tôt apparue dans l'œuvre puisque l'épisode corse d'*Une vie *fut précédé d'une anec-
dote similaire publiée dans la presse et qu'Antonia
Fonyi peut évoquer* L'Assassin, *par exemple, au titre
des* histoires criminelles *de l'auteur. Ni tout à fait
prises dans le genre policier à suspense ni réductibles
aux* brèves *des journaux, elles exposent la fatalité du
crime et l'horreur sobre du quotidien en jouant de la
simplicité du style et de la chute qu'impose la conci-
sion du genre.*

Avec Mouche, *ce sont l'eau entre Bezons et Sartrouville, et les haltes chez Fournaise ; le style rapide et
enlevé ; l'autobiographie même, puisque le canotier
dont la toute première ligne introduit le récit n'est
autre que Maupassant lui-même qui fut cet « employé
sans le sou » et qui pourrait bien confesser :* « Ma
grande, ma seule, mon absorbante passion, pendant
dix ans, ce fut la Seine. » *C'est l'époque heureuse des
bords de rivières si bien décrits par* Les Dimanches
d'un bourgeois de Paris, La Femme de Paul, Une
partie de campagne *ou* Yvette. *Au terme de l'existence, cette pièce condense l'ensemble de ces* Contes
canotiers *que Maupassant avait espéré réunir en un
volume.*

L'Épreuve nous ramène à *Pierre et Jean, par
exemple, au soupçon des légèretés maternelles qui
hante les héros de Maupassant et dont la Jeanne d'*Une
vie *fait la découverte à la mort de sa mère — à la trom-
perie. Dans* Le Noyé, *surgit ce mode semi-drolatique
que Flaubert appréciait dans la fin de* Boule de suif : *le*

comique des spasmes méchants que provoquent les misérables dans la vie et des rires d'humour noir que la bêtise déclenche dans la littérature. Suit l'un des traits remarquables de l'œuvre, celui d'avoir inspiré tant de cinéastes : Le Masque *apparaît, avec* La Maison Tellier, *dans* Le Plaisir *de Max Ophuls. Il s'agit même, en ce cas, d'un conte métonymique où la vie et l'œuvre se condensent puisqu'il figure simultanément la course au plaisir et la tristesse qui en découle.* L'Infirme *offre pour sa part une image parfaite du conte en même temps qu'il expose les méfaits de l'une des présences les plus noires de l'œuvre : la guerre.* Les Vingt-cinq Francs de la supérieure *ressuscitent l'univers cocasse et paillard d'histoires normandes comme* Toine *en même temps, en sourdine, que le souci de l'argent. Enfin, la figure de la folie se profile dans les deux dernières pièces —* Un cas de divorce, Qui sait? *— et nous renvoie au* Horla. *Mais un horla insidieusement à l'œuvre dans les fleurs étranges, les parfums lourds et les objets les plus familiers.*

*Ces deux nouvelles de conclusion participent du fantastique psychopathologique qui se propage alors avec Villiers de l'Isle-Adam ou Octave Mirbeau, Odilon Redon ou Gustave Moreau... Elles relèvent de l'hystérie que diagnostique l'avocat d'*Un cas de divorce. *Mais avec* Qui sait?, *Maupassant se rapproche surtout de Tourgueniev. Il reconnaissait du reste sa dette en même temps qu'il distinguait le « frisson de l'inconnu voilé » du surnaturel de Poe ou Hoffmann : « Avec lui, on la sent bien, la peur vague de l'Invisible (...). Avec lui, nous sommes brusquement traversés par des lumières douteuses qui éclairent seulement assez pour augmenter notre angoisse* [1]. *» Ni*

---

1. *La Peur, Contes et nouvelles*, bibliothèque de la Pléiade, II, p. 200.

*peur panique ni alternance de l'irrationnel au rationnel,
c'est l'indétermination subjective qui est fondamentale.*

  *C'est donc une somme. Non que ces fragments
soient d'intensité ou de grandeur stylistique équiva-
lente à la totalité à laquelle ils renvoient. Mais ils en
réfractent les diversités. Par-delà l'hétérogénéité de ces
pièces, l'auteur signe un art de la petite forme (parfois
heureux, parfois moins) et construit son œuvre
autour de quelques thèmes, visions et obsessions (la
difficulté de la coexistence des sexes et la puissance du
doute qui envahit les rapports humains, l'inquiétante
étrangeté de la maternité...). Le volume réunit ainsi
ces deux types de textes entre lesquels Alberto Savinio,
notamment, a distribué les contes et nouvelles de
Maupassant : les réalistes et les fantastiques. Au terme
de sa vie, le trajet qui va de l'époque de* Mouche *aux
alarmantes hallucinations de 1890 serait là rassemblé.*

  Au demeurant, ce n'est pas seulement dans Mouche
qu'un pacte autobiographique *a été noué, c'est dans
le volume tout entier. Indirectement, bien sûr, car
l'auteur demeure proche de l'insistance que mit Flaubert à ne pas s'exposer et qu'il souligne dans nombre
de chroniques consacrées à son maître* [1]. *Pour sa part,
il refusait que sa photographie soit publiée et Louis
Forestier peut choisir pour exergue de son édition des
romans un propos de novembre 1891 : « Je laisse seulement parler de mes livres. » Comme le conte en
ménage la possibilité, l'autobiographie sera donc indi-
recte.*

  Proche de Notre cœur, *le premier titre évoqué —* Les
Cœurs étrangers *— suggérait que le recueil repren-*

---

1. 23 octobre 1876, *La République des Lettres*, cité dans la *Correspondance Flaubert-Maupassant*, p. 271. Pour la citation suivante, voir la
Préface de Louis Forestier, *Romans*, bibliothèque de la Pléiade, p. IX.

drait un motif obsédant, l'incarnation d'un fait dont Andermatt et sa femme avaient donné la formule dans Mont-Oriol : « *Ils étaient trop différents sans doute, trop loin l'un de l'autre, de races dissemblables. Il ne comprenait rien d'elle; elle ne comprenait rien de lui* [1]*.* » *Le recueil traiterait de l'incommunicabilité. Maupassant y serait comme hanté du propos de Flaubert qu'il rapporte dans* La Solitude, *dans son étude de 1881 et dans une lettre à Gisèle d'Estoc :* « *Nous sommes tous dans un désert, personne ne comprend personne* [2]*.* »

Des Cœurs étrangers, *du titre du moins, il n'est plus question en 1890. Auteur et éditeur ne sont pas d'accord :* « *Votre titre,* Le Champ d'oliviers, *est absolument mauvais (...). Vous savez quel rôle jouent les titres pour la vente, et que les œuvres des plus grands maîtres n'échappent pas à cette influence* », *lui écrit le 23 janvier Havard qui se permet même des conseils. Maupassant répond fin février :* « *Le titre que vous m'avez demandé,* Pères et maris, *me dégoûte affreusement. Je n'en veux pas.* » L'Inutile Beauté *en tête, il sort de son embarras. Le recueil aura le titre de cette première nouvelle comme c'est le cas de* La Maison Tellier, Mademoiselle Fifi *et de bien d'autres au lieu qu'il soit inventé pour le volume comme* Les Contes de la bécasse, Les Contes du jour et de la nuit *ou* La Main gauche.

L'éditeur aurait eu mauvais gré à s'en plaindre; en octobre, vingt-deux éditions étaient épuisées, onze

1. *Mont-Oriol,* Folio, p. 350.
2. Voir la note 5 de l'article I publié en annexe à la *Correspondance Flaubert-Maupassant,* p. 465 qui rappelle le propos exact : « Gustave Flaubert, un des grands malheureux de ce monde, parce qu'il était un des grands lucides, n'écrivit-il pas à une amie cette phrase désespérante : "Nous sommes tous dans un désert. Personne ne comprend personne." »

mille exemplaires. Le titre semblait efficace ! « Soyez sûr, lui avait écrit Maupassant, que L'Inutile Beauté *a cent fois la valeur du* Champ d'oliviers. *Celui-ci plaira davantage à la sensibilité bourgeoise ; mais la sensibilité bourgeoise a des nerfs au lieu de jugement.* L'Inutile Beauté *est la nouvelle la plus rare que j'aie jamais faite. Ce n'est qu'un symbole. »*

Le dégoût suscité par la suggestion de l'éditeur d'intituler l'ensemble Pères et maris *et le choix d'un titre aux résonances métaphysiques tendent à prouver que ce n'était pas tant la thématique de la bâtardise qui était en cause, que les raisons de l'art lui-même : le beau. Toutes proportions gardées et toutes différences marquées, Maupassant n'avait pu écrire sur Flaubert impunément : « Il pense que la première préoccupation d'un artiste doit être de faire beau ; car, la beauté étant une vérité par elle-même, ce qui est beau est toujours vrai, tandis que ce qui est vrai peut n'être pas toujours beau* [1]. »

Cette *inutile beauté, après tout, n'est peut-être pas tant celle de la femme déformée par la fécondité que celle qui pèse, comme un soupçon, sur l'œuvre elle-même : sur l'art. Le recueil serait alors le dernier mot du disciple de Flaubert, mais d'un disciple un peu désabusé et comme incertain de son entreprise. Le thème de la paternité — le thème, en général — importe moins que le statut que Maupassant accordait à cette nouvelle : un symbole. Autant dire une figure — l'une de ces manières d'écrire qui veut son explication. Les commentateurs ont beau jeu d'insister sur la simplicité de l'œuvre : dans la logique des pointes caractéristiques du genre nouvelliste, Maupassant invite au travail de l'interprétation et il faut sans*

1. *La République des Lettres, op. cit.*, p. 269.

doute prendre au sérieux le fait que le premier titre envisagé ait été une question. Entre Lequel ? *et* Qui sait ?, *le recueil eût été celui des interrogations. Pis, ce dernier volume eût été celui du doute et du caractère obsessionnel qu'il a tôt fait de revêtir, comme le montre* L'Épreuve.

L'hésitation entre L'Inutile Beauté *et* Le Champ d'oliviers *ouvre une autre question : à laquelle était-ce d'ouvrir le recueil et de donner le ton ? Était-ce à cette pièce, dans laquelle Armand Lanoux voit « un bibelot de Lalique » ou à cette nouvelle, dans laquelle Taine repérait un fragment moderne d'Eschyle, à décider du style de ce volume ? L'alternative est mal posée car ces textes sont complémentaires : le premier parodie le ton philosophique fin-de-siècle ; le second mime la Passion du Christ.*

On aurait tort, pourtant, de trop insister sur le caractère philosophique de L'Inutile Beauté *: le titre seul, en fait, propose une pensée et le dialogue entre Roger de Salins et Bernard Grandin ne saurait relever du genre platonicien. Il expose les opinions de lecteurs dilettantes de l'*Essai sur les femmes *de Schopenhauer. En 1880, Maupassant les avait résumées sous le titre d'une Lysistrata moderne dans un article paru dans le* Gaulois *du 30 décembre 1830. Fait intéressant, il ajoutait qu'il « faudrait un volume pour citer tous les philosophes qui ont pensé et parlé de même* [1] *». Aussi peut-on faire l'hypothèse que ce dialogue constitue comme une suite à* Bouvard et Pécuchet — *l'élève avait aidé son maître en cherchant* Tout le bien et tout le mal qu'on a dit des femmes *d'Édouard Fournier et Flaubert évoqua ses héros dissertant sur les femmes.*

1. *Chroniques*, tome 1, pp. 128-131.

— Étrange besoin, est-ce un besoin? — Elles poussent au crime, à l'héroïsme, et à l'abrutissement! L'enfer sous un jupon, le paradis dans un baiser — ramage de tourterelle, ondulations de serpent, griffe de chat; — perfidie de la mer, variété de la lune — ils dirent tous les lieux communs qu'elles ont fait répandre [1].

Certes, la nouvelle n'est pas comparable à la somme flaubertienne. Ni le culte de la forme, ni l'érudition, ni l'ampleur, ni l'ambition du maître ne se retrouvent chez le disciple devenu conteur. Du moins le projet l'a frappé et il en a finement reconnu le génie :

C'est un roman, oui, mais un roman philosophique, et le plus prodigieux qu'on ait jamais écrit. (...) Il est même probable qu'on contestera le droit de l'auteur de donner cette forme imagée du roman à des discussions de pure philosophie (...) : c'est l'histoire de l'*idée* sous toutes ses formes, dans toutes ses manifestations, avec toutes ses transformations, dans sa faiblesse et dans sa puissance [2].

Il ne se méprend pas, d'ailleurs, et voit bien que la philosophie n'est pas où elle semble : ce ne sont pas les opinions rapportées, ni la volonté encyclopédique, qui incarnent le sens — elles forment seulement un « dossier de la bêtise ». Leur destruction mutuelle et cette

1. Sur l'ouvrage de Fournier (1819-1880) et sa recherche, voir les lettres 78 et 81 de la *Correspondance Flaubert-Maupassant* ainsi que la note 1 afférente, pp. 408-409. La citation de *Bouvard et Pécuchet* est extraite de l'édition Folio, p. 271.
2. Cité dans les annexes de la *Correspondance Flaubert-Maupassant*, p. 285.

drôlerie sinistre — « *un comique intense se dégage de cette procession de croyances dans le cerveau de ces deux pauvres bonshommes qui personnifient l'humanité* » — *sont le vrai lieu de la philosophie. Les lettres du maître et ses soupirs exaspérés par ses lectures préparatoires l'avaient assez prévenu !*

On peut donc faire l'hypothèse que la nouvelle proposerait un complément à cette somme des idées sur les femmes qui n'avait pas été menée à terme par Flaubert. Par symbole, Maupassant entendait peut-être qu'il avait produit une nouvelle philosophique *au sens où il voyait en* Bouvard *et* Pécuchet *un tel roman. Mais de plus, grâce à Flaubert encore, il prend une autre leçon : « Au lieu d'étaler la psychologie des personnages en des dissertations explicatives, il la faisait simplement apparaître par leurs actes. » La philosophie est dans les* bonshommes *eux-mêmes ! Une seconde hypothèse surgit et la clé du propos réside désormais dans les faits et gestes de l'héroïne.*

À propos de Pierre et Jean, *Louis Forestier esquisse une théorie du personnage chez Maupassant : tirant les leçons d'*À Rebours *autant que de* Madame Bovary, *ce dernier sait qu'un individu doit assurer la cohérence de l'histoire. Progressivement, il aurait même songé que « le personnage est présent pour poser des questions* [1] ». *Telle est, du moins, la fonction de la comtesse de Mascaret : elle précise les options que Brunetière reconnaissait aux romans de Maupassant dans les analyses qu'il consacra à* Bel-Ami *et à* Mont-Oriol *en les distinguant du style analytique de* Bourget [2]. *À ce titre, elle incarne un problème.*

1. Louis Forestier, *Romans*, bibliothèque de la Pléiade, p. 1478.
2. Voir la *Notice* sur « Le Roman » proposée par L. Forestier, et notamment ceci : « la psychologie (...) sort de l'exactitude des gestes, des attitudes et des propos prêtés aux personnages », *op. cit.*, p. 1474.

Forme et volonté ?

En faisant de son héroïne un vrai personnage,
*l'auteur dépassait la misogynie schopenhauérienne
pour incarner en elle les aspects contradictoires d'une
femme dont Baudelaire lui avait donné le modèle* [1]. *On
rappellera qu'avant de se vouloir prosateur Maupassant s'est voulu poète : avant de se soumettre à Flaubert, il écouta Bouilhet. Dès 1877 on peut lire dans*
Les poètes français du XVIᵉ siècle *(paru dans* La
Nation *du 17 janvier 1877) qu'« il n'y a pas de choses
poétiques, comme il n'y a pas de choses qui ne le
soient point » et de préciser : « Qu'on lise, pour s'en
convaincre, la merveilleuse "Charogne" de Baudelaire* [2]. » *Jusque dans le rapprochement qu'il esquisse
entre ce poète et ceux que Sainte-Beuve avait réunis
dans son* Tableau de la poésie française au XVIᵉ siècle, *il a raison. La leçon de Flaubert s'ancrait dans
une connaissance de l'œuvre baudelairien.
Au-delà du cynisme de* Mon cœur mis à nu, *en effet,
— « La femme est* naturelle, *c'est-à-dire abominable » —, il y a l'admiration que le critique littéraire
porte à la figure d'Emma : « Pour ce qu'il y a en elle de
plus énergique et de plus ambitieux, et aussi de plus
rêveur, madame Bovary est restée un homme »,
écrit-il, « comme la Pallas armée, sortie du cerveau de
Zeus, ce bizarre androgyne a gardé toutes les séduc-*

1. Quant au fait que Maupassant lisait Baudelaire, voir l'article
d'Annarosa Poli, « Le Côté baudelairien », dans un numéro spécialement consacré à Maupassant de la revue *Europe* (juin 1969, nº 482) :
« Baudelaire est sans conteste l'écrivain qui a exercé la plus grande
influence sur Maupassant après Flaubert. Il est l'un des rares écrivains
dont le romancier possède une connaissance approfondie » (p. 121).

2. *Chroniques*, tome 1, p. 36.

*tions d'une âme virile dans un charmant corps fémi-
nin* [1]. »

La comtesse de Mascaret n'est pas seulement dissi-
mulatrice conformément aux théories de l'Essai sur
les femmes. Elle ne se contente pas de récuser qu'elle
ait été faite pour engendrer comme le veut Schopenhauer : elle prend de facto son constat à rebours et le
réfute lorsqu'il note que « de même que la fourmi
femelle, après son union avec le mâle, perd les ailes
qui lui deviendraient inutiles et même dangereuses
pour la période d'incubation, de même aussi la plu-
part du temps, après deux ou trois couches, la femme
perd sa beauté, sans doute pour la même raison [2] ».
Elle est ferme. Elle refuse de se réduire à la maternité
et, derrière la volonté plastique qui l'anime, elle rem-
porte la victoire. Elle aussi conserve les puissances de
l'âme virile de son auteur. Voulant échapper à la loi
naturelle comme elle désire la beauté, elle tend au dan-
dysme.

Dans son vœu même, toutefois, on trouve également ce trait baudelairien de la femme stérile qui
aboutit en cette fin de siècle à l'Hérodiade de Mallarmé où l'auteur évoque la « chair inutile » de la
chasteté [3]. Car elle subvertit la froideur du classique en

---

1. Baudelaire, bibliothèque de la Pléiade, éd. Claude Pichois, I,
p. 677 pour la toute première citation, II, p. 81 pour la seconde.
2. Schopenhauer, *Essai sur les femmes*, extrait des *Parerga et Parali-
pomena*. La traduction de Jean Bourdeau, sous le titre de *Schopenhauer, pensées et fragments*, Alcan, 1884, est ici revue et corrigée par
Didier Raymond, Actes Sud, 1987, p. 21.
3. Mallarmé, *Hérodiade*, II. Scène, *Œuvres complètes*, bibliothèque
de la Pléiade, p. 47 ; nous soulignons. Notons que cette figure diffère de
la *Salomé* de Wilde puisque Mallarmé écrivait à Léo d'Orfer : « Certainement prenez ces deux petites poëmes, pour votre publication :
mais quel titre abominable que La Décadence, et comme il serait temps
de renoncer à tout ce qui y ressemble ! » (*op. cit.*, p. 1444). L'une est
aussi glaciale que l'autre désirante...

*rapportant l'idéal grec à la tradition biblique. Elle pro-
pose une apologie de l'infécondité et trouve son double
programme dans les amours saphiques des pièces
condamnées des* Fleurs du mal *comme dans la figure
marmoréenne et frigide de* La beauté *: « Tu es belle, ô
mortels, comme un rêve de pierre... » C'est une anti-
Nana ; le contretype du corps sensuel esquissé dans* La
Chevelure *; l'antonyme des beautés de chair. Car
depuis le romantisme, une double référence divise les
images féminines, si l'on excepte les figures plates des
nazaréens ou de l'Ingres troubadour des années 1820.*

D'une part, la Catherine Lescault du Chef-d'œuvre
inconnu *donne le pressentiment d'un modèle pictural
qu'exhibent les femmes du* Sardanapale *de Delacroix.
Elles trouvent leur origine dans les courtisanes véni-
tiennes qu'admirait Maupassant : il passe un long
moment devant la* Vénus au repos *de Titien et loue
Véronèse dans son article du* Gil Blas *du 5 mai 1885.
Elles trouvent leur seconde référence dans le liberti-
nage qu'il apprécie, après les Goncourt, en Fragonard
ou Boucher [1]. Toutes ces femmes sont la chair même.*

*De l'autre, ce sont le statisme et la froideur des
sculptures dont la description de la comtesse par
Roger de Salins prélève quelques éléments — « son
teint pâle, aux reflets d'ivoire, lui donnait un air de
statue... ». Mais Maupassant pas plus que son héros
ne professe le* credo *winckelmanien si l'on en croit les*
Notes d'un démolisseur *(parues dans le* Gil Blas *du
17 mai 1882) : « Type éternel et insipide du Beau, parfaite Vénus, dite de Milo, quel audacieux brisera tes
reins célèbres (...) ? Ta sereine et plastique beauté*

1. Pour ces indications, voir la préface de Vladimir Biaggi de *Au
Salon, chroniques sur la peinture, op. cit.,* pp. 19-21 ; et p. 49 pour la
citation suivante.

*m'écœure, immuable et froide inspiratrice de la pierre.
(...) Tu fus sublime, sans doute, mais tu n'es plus la
femme d'aujourd'hui, comme le marbre rigide n'est
plus la matière que veulent nos yeux avides de couleur, de mouvement et de vie.* » L'opposition était
nette : le marbre et la couleur, la mort et la vie.

Au commencement des années 1860, Olympia
inquiète le premier de ces modèles, le regard glacé par
ses pigments eux-mêmes. Elle fige les chairs. Dans
l'élément d'une peinture coloriste, Manet y critique les
femmes de cette tradition : courtisane assurément
mais guère chaleureuse. Ultérieurement, découvert par
Huysmans, Gustave Moreau s'opposera non moins à
Delacroix. Sur un mode différent de Manet, il veut un
somnambulisme idéal. *Il vise à la* beauté pure *sans
passions* [1]. Il hérite d'une esthétique de la ligne plus
que de Venise. Partant, il produit des êtres ambigus et
Mario Praz peut noter que « le dernier mot de sa peinture est stérilité ». Il travaille autour de l'androgyne.
Nous ne sommes plus au temps des partisans d'Ingres
et de ceux de Delacroix — dans la réactualisation du
débat des xvie et xviie siècles *entre* colorito *et* disegno.
Nous sommes pris entre l'esthétique moderne et
moderniste d'un Manet et l'esthétique décadentiste
d'un Moreau — *deux peintres que mentionnent les*
Notes d'un démolisseur. *Entre la passion froide du
dandy de l'impressionnisme et le goût d'une froideur
passionnée propre à la peinture symboliste.*

Les femmes de Moreau, en effet, sont toutes proches
de la princesse d'Este du Vice suprême *que Péladan
voit comme un Botticelli tout plein de* « la perversité

---

1. Mario Praz cite Gustave Moreau — nous soulignons les expres-
sions, *La Chair, la Mort et le Diable (Le Romantisme noir)*, Denoël, 1977,
pp. 247-249.

d'une plastique de stupre [1] ». *Elles ont un corps distinct de celui d'Olympia. Il était logique, dès lors, que des Esseintes l'admire — « entre tous, un artiste existait dont le talent le ravissait en de longs transports, Gustave Moreau* [2] ». *(On notera, en outre, qu'il le différencie des « peintres de la chair », et de Rubens, notamment.) Plastiquement, c'est le corps maniériste du Primatice et Péladan le reporte justement à ses origines gothiques :*

> L'élancement des lignes, la ténuité des attaches, la longueur étroite des extrémités, le règne des verticales immatérialisent sa chair déjà irréelle de ton : on eût dit une de ces saintes que le burin de Schongauer dénude pour le martyre [3]...

Entre la Salomé *décadentiste d'Oscar Wilde et* La Fille Élisa *des frères Goncourt — entre l'érotisme de la maigreur selon Félicien Rops et la saveur des chairs abondantes à la* Boule de suif *—, Maupassant invente une Bovary esthète et psychologue. Ni satanique ni mythique, la stérilité qu'il vante n'est pas plus morbide qu'érotique et la figure qu'il esquisse est celle d'une femme du monde — non une* diabolique. *Son vœu est exclusivement narcissique.*

Proche de Catulle Mendès, de Péladan et de Huysmans comme il l'a été de Zola, Maupassant n'est pas plus décadentiste que naturaliste. Il pense la séduction plus que l'androgynie diaphane des premiers ou le corps social des Rougon. En peinture, rappelons d'ailleurs qu'il aimait Gervex, Bouguereau... Il veut l'être

1. Mario Praz, *ibid.*, p. 277.
2. Huysmans, *À rebours*, Folio, pp. 141 et 144 pour ces deux citations.
3. Cité par Mario Praz, *ibid.*, p. 278.

féminin simplement sensuel plus que des mysticités sulfureuses, mais disponible et non pas engrossé. Sans promouvoir le canon de l'étirement maniériste, il souhaite un corps agile et susceptible d'être idéalisé.

En 1890, du reste, il est surtout en rivalité avec Paul Bourget. Il faut souligner qu'il semble avoir hérité de Madame Bovary *et de* L'Éducation sentimentale *plus que de* Salammbô. *Il était logique qu'il ait retrouvé les êtres mouvants de l'essai baudelairien sur le moderne plus que le fonds d'un érotisme exotique. Il n'est pas surprenant qu'il cite l'*Hymne à la beauté, *et qu'il en mette un fragment dans la bouche de Paul de Brétigny* [1].

Ultérieurement, ce même héros exprimera une horreur de la maternité qui fait système avec sa position d'esthète : « ... À chacune de leurs rencontres, elle lui parla de cette grossesse qui faisait bondir son cœur de joie; mais cette préoccupation d'une chose qu'il jugeait, lui, fâcheuse, vilaine, malpropre, froissait son exaltation dévote pour l'idole qu'il adorait [2]. » Du point de vue formel au moins, la femme exclut la mère. Au terme de l'œuvre, L'Inutile Beauté *apparaît comme une réponse à la fin d'*Une vie *où le sentiment maternel a racheté l'échec des espoirs amoureux. Si le Frédéric de Flaubert constate qu'il a trouvé dans un bordel ce qu'il eut de meilleur, Jeanne voit d'autant mieux le salut dans la maternité qu'elle a sacrifié sa féminité sur l'autel de la désillusion.*

Évoquant au contraire un « odieux supplice de maternité », L'Inutile Beauté *propose une figure qui se distingue de la prostituée comme de toute reviviscence profane du culte marial : ni mère, ni putain,*

1. *Mont-Oriol,* Folio, p. 122.
2. *Ibid.,* p. 264.

*ni muse — l'énigme de la volonté féminine. Cette
femme, en outre, fait pendant aux* allumeuses *évo-
quées par Mario Praz... Bref, elle s'inscrit dans une
typologie romanesque et plastique des arts fin-de-siècle
où se côtoient la femme fatale, la femme vampire, la*
Morte amoureuse *(Gautier) et la* Surfemelle
*(D'Annunzio). Non qu'elle participe de l'ascendance
sadienne de ces dernières ou relève d'une beauté
mélancolique d'obédience baudelairienne, mais elle se
propose comme l'emblème du féminin et le symptôme
du caractère inaccessible du corps esthétique. Elle ne
provoque pas la même terreur que ces filles déliques-
centes, mais elle n'est pas sans rappeler ces beautés
souillées qui avaient frappé les préraphaélites et
qu'aimait Swinburne en Marie Stuart* [1].

*Il reste qu'en reliant la séduction à la grossesse,
Maupassant déplaçait la cruauté : ce n'était plus d'une
violence physique qu'il était question mais des affres
du doute masculin ; ce n'était plus dans l'ombre portée
du* divin marquis *que la nouvelle se définissait mais
dans celle de Charcot. Les rapports des époux sont
moins fondés sur le primat de l'esthétique que sur la
recherche de la vérité. L'intrigue n'est pas sulfureuse,
pas même érotique. Son objet n'est pas le corps, pas
même le désir. C'est la volonté. C'est là ce qui la rapproche et ce qui la sépare de l'histoire de Salomé. À
ceci près que nous nous trouvons dans la prose parisienne et assistons à un drame domestique plus qu'à
l'opposition tragique — nouée autour des lèvres de*

1. Maupassant l'avait rencontré en 1866 alors que ce dernier séjour-
nait avec un de ses amis sur la côte normande et vivait pour le moins
bizarrement. Cet épisode lui avait laissé un vif souvenir : il était placé
sous le signe de *La Philosophie dans le boudoir*. En mars 1891, *L'Écho
de Paris* publie ses *Notes sur Swinburne* à l'occasion de la traduction des
Poèmes et ballades. Sur cette rencontre, voir Albert-Marie Schmidt,
Maupassant par lui-même, pp. 23-31, Seuil, 1962.

Jean-Baptiste — du désir féminin et de la parole pro-phétique.

La comtesse de Mascaret tient aussi de l'héroïne de Notre cœur, *de ces* détraquées *contemporaines* dont Maupassant attribue le portrait à Gaston de Lamarthe [1]. *C'est une « femme moderne, c'est-à-dire irrésistible par l'artifice de séduction qui remplace chez elle l'ancien charme naturel. Et ce n'est pas encore l'artifice qu'il faudrait dire, mais l'esthétique, le sens profond de l'esthétique féminin. Toute sa puissance est là ». Elle diffère cependant de l'héroïne de* Notre cœur *car elle est moins décadente et ne joue ni de saphisme ni de paradis artificiels. Elle s'en distingue surtout car elle est animée d'une authentique volonté. Elle résiste à ces « procédés d'intimidation et de coercition » qui font le mariage et semblent prolonger dans son cas les descriptions sordides de la nuit de noces d'*Une vie. *Enfin, elle outrepasse le caprice d'une enfant gâtée dans un projet artiste.*

Pour un lecteur qui lui prêterait beaucoup, elle manifeste cette volonté de forme que Nietzsche étudie dans La Naissance de la tragédie *quand, en 1871, il répond au* Monde comme volonté et comme représentation *de Schopenhauer. Elle est ce désir esthétique de l'individu apollinien. Dans l'univers d'une mondanité aux noms balzaciens, elle apparaît comme l'héritière des figures souveraines repérées par Nietzsche dans la civilisation grecque comme dans la* Transfiguration *de Raphaël [2].*

Elle est plus légère cependant et il ne s'agit pas tant

1. *Notre cœur*, Folio, p. 59 ; nous soulignons ; p. 159 pour la citation suivante.

2. Voir *La Naissance de la tragédie, Œuvres philosophiques complètes*, traduction P. Lacoue-Labarthe, Gallimard, 1977, pp. 53-54 pour cette référence.

*pour elle de parvenir à la distance d'un corps frigide
ou d'obtenir la pure plasticité sereine des Grecs que de
séduire encore. Elle veut charmer comme éviter de
satisfaire le vœu secret de son mari. À reprendre les
termes de Roger de Salins, elle veut éviter de sacrifier
« toute la beauté, toute l'espérance de succès, tout
l'idéal poétique de vie brillante (...) à cette abominable
loi de la reproduction qui fait de la femme normale
une simple machine à pondre des êtres ».*

Dans la bouche de ce héros, cette inutile beauté *se
distingue encore de la figure nietzschéenne et pose
une question plus héritière des philosophies du
XVIIIᵉ français : celle de la nature. Elle est décidément
proche des femmes dépeintes par l'essai baudelairien
sur Constantin Guys. Plus exactement même, elle
incarne la théorie de l'artifice plastique qu'expose
l'Éloge du maquillage. Mais il faut distinguer.*

*Si, pour Baudelaire, l'esthétique est affaire de sens,
avec ces héroïnes de Maupassant, elle est forme de vie
— conversation, emploi du temps, maquillage et parfum. Pour la comtesse de Mascaret, il s'agit de « vivre
en femme du monde ». La beauté de l'idole ne
s'imprègne en elle d'aucun décadentisme — de cette
homosexualité présente chez Baudelaire, mais rehaus-
sée de ces expériences exténuées dont des Esseintes
résume l'ennui et que Michèle de Burne esquisse pâle-
ment au féminin — mais elle se nuance d'un état de
l'âme dont le poète ne s'embarrasse pas :*

La femme est bien dans son droit, et même elle
accomplit une espèce de devoir en s'appliquant
à paraître magique et surnaturelle ; il faut qu'elle
étonne, qu'elle charme ; idole, elle doit se dorer
pour être adorée [1].

1. Baudelaire, *Le Peintre de la vie moderne*, O.C., II, pp. 716-717.

Maupassant, en un sens, est plus factuel. Il reste toujours quelque chose du chroniqueur dans sa prose. En visant la double beauté de la plastique et de la mondanité, la comtesse de Mascaret propose un contretype de la Parisienne dont un article spécifiait : « *Son corps n'a rien de sculptural, ce petit corps souvent maigrelet, souvent corrigé par l'industrie, une femme en TOC, enfin, rien d'une Grecque* [1]. » *À nouveau, le commentaire de* Madame Bovary *est instructif puisque Maupassant repère en chaque personnage* « *un type, c'est-à-dire le résumé d'une série d'êtres appartenant au même ordre intellectuel* [2] ».

Dans un poème comme Le Cadre, *Baudelaire développait une véritable théorie esthétique où le fard symbolise les opérations surnaturalistes indispensables à l'art. Au chapitre XI du* Peintre de la vie moderne, *il présentait même la justification métaphysique de cette posture. Maupassant distribue sa pensée plus légèrement. Il rejoint Baudelaire, il est vrai, pour autant qu'il épouse son anti-naturalisme. Mais à cet égard il se trouve obligé de distinguer. D'une part il aime la Nature-campagne dont il esquisse la puissance dans ses descriptions de la Normandie, l'Auvergne, la Corse... et dont il admire la restitution chez Corot, Courbet ou Monet, qu'il a connus et qu'il évoque dans* La Vie d'un paysagiste *(parue dans le* Gil Blas *du 26 septembre 1886) en extrapolant :* « Mes yeux ouverts, à la façon d'une bouche affamée, dévorent la terre et le ciel. (...) Une feuille, un petit caillou, un rayon, une touffe d'herbe m'arrêtent des temps infinis... » *Quoi de plus anti-baudelairien ? D'autre part,*

1. *Chroniques*, tome 1, p. 302.
2. *Correspondance Flaubert-Maupassant*, p. 296.

*la Nature-principe est cette loi de reproduction qu'il abhorre par le truchement de la comtesse de Mascaret comme il la récusait en Paul de Bretigny parce qu'elle déforme les corps et met notre animalité au-devant de la scène. Il la vantait pourtant en critiquant l'abbé Tolbiac d'*Une vie[1]... *Maupassant n'a pas l'anti-rousseauisme du lecteur de Joseph de Maistre qu'est Baudelaire. Il n'en a pas non plus l'étrange christianisme : la nature n'est pas chez lui un concept, mais une réalité.*

Revenons toutefois sur Lalique car L'Inutile Beauté *rejoint dans cette intuition d'Armand Lanoux, pour peu qu'on en fasse une indication sérieuse, les analyses de Walter Benjamin[2]. Elle le rejoint d'autant mieux que la nouvelle fut illustrée par Mucha en 1890... Dans* Zentralpark, *ce dernier note : « Le thème fondamental du* modern style *est la transfiguration de la stérilité. Le corps est dessiné de préférence sous les formes qui précèdent la maturité sexuelle. » Il poursuit : « L'amour des lesbiennes porte la* sublimation *jusque dans le sein féminin. Il plante là la bannière de lis de l'amour pur, qui ne connaît ni grossesse ni famille. » Et un peu auparavant : « Le thème de l'androgyne, de la lesbienne, de la femme stérile doit être traité en corrélation avec la violence destructrice de l'intention allégorique. — Traiter auparavant du renoncement au naturel — en corrélation avec la grande ville comme sujet du poète. » Benjamin nous offre ainsi les clés d'une interprétation de la comtesse :*

1. On songe notamment à l'épisode du chapitre X où l'abbé, découvrant la chienne qui met bas et les enfants qui regardent, les frappe et tue presque la bête (*Une vie*, Folio, p. 208).
2. « Contrairement à ce qu'il en pensait, le premier est un chef-d'œuvre *(Le Champ d'oliviers)*, le second un bibelot de Lalique », Armand Lanoux, *Maupassant le Bel-Ami*, Fayard, 1967, p. 326.

une allégorie du modern style *parisien, un symbole des tensions que la technique créait dans l'expérience — et plus spécifiquement dans l'expérience sensible. Maupassant n'est pas Baudelaire, cependant, ni* L'Inutile Beauté, Les Fleurs du mal *ou* Le Spleen de Paris. *Il reste qu'il a su extraire des milieux qu'il fréquentait dans les dernières années de sa vie le portrait d'une femme visant à faire d'elle-même une œuvre d'art — une sorte de dandy féminin.* Inutile beauté, *en outre, est un tautologisme si l'on accepte le principe kantien d'une « finalité sans fin » et Maupassant, sans être lecteur de la* Critique de la faculté de juger, *a connu l'un de ses héritiers en Schopenhauer comme il a pu méditer le résumé des esthétiques spéculatives dans* Bouvard et Pécuchet. *À la fin du siècle, il propose une personnification de l'antagonisme très dix-neuvième de l'art et de la technique. Il invente un personnage récusant que le beau soit utile ou naturel : dans le droit fil de Baudelaire, il sera artificiel et gratuit. Dans une époque où la littérature et la peinture sont fascinées par la femme fatale, il propose l'hypothèse d'une volonté purement plastique dont l'espace privé sera le lieu moderne.*

Claire Brunet

L'Inutile Beauté

L'Inutile Beauté

I

La victoria fort élégante, attelée de deux superbes chevaux noirs, attendait devant le perron de l'hôtel. C'était à la fin de juin, vers cinq heures et demie, et, entre les toits qui enfermaient la cour d'honneur, le ciel apparaissait plein de clarté, de chaleur, de gaieté.

La comtesse de Mascaret se montra sur le perron juste au moment où son mari, qui rentrait, arriva sous la porte cochère. Il s'arrêta quelques secondes pour regarder sa femme, et il pâlit un peu. Elle était fort belle, svelte, distinguée avec sa longue figure ovale, son teint d'ivoire doré, ses grands yeux gris et ses cheveux noirs; et elle monta dans sa voiture sans le regarder, sans paraître même l'avoir aperçu, avec une allure si particulièrement racée, que l'infâme jalousie dont il était depuis si longtemps dévoré le mordit au cœur de nouveau. Il s'approcha, et la saluant:

— Vous allez vous promener? dit-il.

Elle laissa passer quatre mots entre ses lèvres dédaigneuses.

— Vous le voyez bien!

— Au bois?

— C'est probable.

— Me serait-il permis de vous accompagner?

— La voiture est à vous.

Sans s'étonner du ton dont elle lui répondait, il monta et s'assit à côté de sa femme, puis il ordonna :

— Au bois[1].

Le valet de pied sauta sur le siège auprès du cocher; et les chevaux, selon leur habitude, piaffèrent en saluant de la tête jusqu'à ce qu'ils eussent tourné dans la rue.

Les deux époux demeuraient côte à côte sans se parler. Il cherchait comment entamer l'entretien, mais elle gardait un visage si obstinément dur qu'il n'osait pas.

À la fin, il glissa sournoisement sa main vers la main gantée de la comtesse et la toucha comme par hasard, mais le geste qu'elle fit en retirant son bras fut si vif et si plein de dégoût qu'il demeura anxieux, malgré ses habitudes d'autorité et de despotisme.

Alors il murmura :

— Gabrielle!

Elle demanda, sans tourner la tête :

— Que voulez-vous?

— Je vous trouve adorable.

Elle ne répondit rien, et demeurait étendue dans sa voiture avec un air de reine irritée.

Ils montaient maintenant les Champs-Élysées, vers l'Arc de Triomphe de l'Étoile. L'immense monument, au bout de la longue avenue, ouvrait dans un ciel rouge son arche colossale. Le soleil semblait descendre sur lui en semant par l'horizon une poussière de feu.

Et le fleuve des voitures, éclaboussées de reflets sur les cuivres, sur les argentures et les cristaux des harnais et des lanternes, laissait couler un double courant vers le bois et vers la ville.

Le comte de Mascaret reprit :

— Ma chère Gabrielle.

Alors, n'y tenant plus, elle répliqua d'une voix exaspérée :

— Oh! laissez-moi tranquille, je vous prie. Je n'ai même plus la liberté d'être seule dans ma voiture, à présent.

Il simula n'avoir point écouté et continua :

— Vous n'avez jamais été aussi jolie qu'aujourd'hui.

Elle était certainement à bout de patience et elle répliqua avec une colère qui ne se contenait point :

— Vous avez tort de vous en apercevoir, car je vous jure bien que je ne serai plus jamais à vous.

Certes, il fut stupéfait et bouleversé, et, ses habitudes de violence reprenant le dessus, il jeta un — « Qu'est-ce à dire? » qui révélait plus le maître brutal que l'homme amoureux.

Elle répéta, à voix basse, bien que leurs gens ne pussent rien entendre dans l'assourdissant ronflement des roues :

— Ah! qu'est-ce à dire? qu'est-ce à dire? Je vous retrouve donc! Vous voulez que je vous le dise?

— Oui.

— Que je vous dise tout?

— Oui.

— Tout ce que j'ai sur le cœur depuis que je suis la victime de votre féroce égoïsme.

Il était devenu rouge d'étonnement et d'irritation. Il grogna, les dents serrées :

— Oui, dites!

C'était un homme de haute taille, à larges épaules,

à grande barbe rousse, un bel homme, un gentil-homme, un homme du monde qui passait pour un mari parfait et pour un père excellent.

Pour la première fois depuis leur sortie de l'hôtel elle se retourna vers lui et le regarda bien en face :

— Ah ! vous allez entendre des choses désa-gréables, mais sachez que je suis prête à tout, que je braverai tout, que je ne crains rien, et vous aujourd'hui moins que personne.

Il la regardait aussi dans les yeux, et une rage déjà le secouait. Il murmura :

— Vous êtes folle !

— Non, mais je ne veux plus être la victime de l'odieux supplice de maternité que vous m'imposez depuis onze ans ! je veux vivre enfin en femme du monde, comme j'en ai le droit, comme toutes les femmes en ont le droit.

Redevenant pâle tout à coup, il balbutia :

— Je ne comprends pas.

— Si, vous comprenez. Il y a maintenant trois mois que j'ai accouché de mon dernier enfant, et comme je suis encore très belle, et, malgré vos efforts, presque indéformable, ainsi que vous venez de le reconnaître en m'apercevant sur votre perron, vous trouvez qu'il est temps que je redevienne enceinte.

— Mais vous déraisonnez !

— Non. J'ai trente ans et sept enfants, et nous sommes mariés depuis onze ans, et vous espérez que cela continuera encore dix ans, après quoi vous cesserez d'être jaloux.

Il lui saisit le bras et l'étreignant :

— Je ne vous permettrai pas de me parler plus longtemps ainsi.

— Et moi, je vous parlerai jusqu'au bout, jusqu'à ce que j'aie fini tout ce que j'ai à vous dire, et si vous essayez de m'en empêcher, j'élèverai la voix de façon à être entendue par les deux domestiques qui sont sur le siège. Je ne vous ai laissé monter ici que pour cela, car j'ai ces témoins qui vous forceront à m'écouter et à vous contenir. Écoutez-moi. Vous m'avez toujours été antipathique et je vous l'ai toujours laissé voir, car je n'ai jamais menti, monsieur. Vous m'avez épousée malgré moi, vous avez forcé mes parents qui étaient gênés à me donner à vous, parce que vous êtes très riche. Ils m'y ont contrainte, en me faisant pleurer.

Vous m'avez donc achetée, et dès que j'ai été en votre pouvoir, dès que j'ai commencé à devenir pour vous une compagne prête à s'attacher, à oublier vos procédés d'intimidation et de coercition pour me souvenir seulement que je devais être une femme dévouée et vous aimer autant qu'il m'était possible de le faire, vous êtes devenu jaloux, vous, comme aucun homme ne l'a jamais été, d'une jalousie d'espion, basse, ignoble, dégradante pour vous, insultante pour moi. Je n'étais pas mariée depuis huit mois que vous m'avez soupçonnée de toutes les perfidies. Vous me l'avez même laissé entendre. Quelle honte ! Et comme vous ne pouviez pas m'empêcher d'être belle et de plaire, d'être appelée dans les salons et aussi dans les journaux une des plus jolies femmes de Paris, vous avez cherché ce que vous pourriez imaginer pour écarter de moi les galanteries, et vous avez eu cette idée abominable de me faire passer ma vie dans une perpétuelle grossesse, jusqu'au moment où je dégoûterais tous les hommes. Oh ! ne niez pas ! Je n'ai point compris pen-

dant longtemps, puis j'ai deviné. Vous vous en êtes
vanté même à votre sœur, qui me l'a dit, car elle
m'aime et elle a été révoltée de votre grossièreté de
rustre.

Ah! rappelez-vous nos luttes, les portes brisées, les
serrures forcées! À quelle existence vous m'avez
condamnée depuis onze ans, une existence de
jument poulinière enfermée dans un haras. Puis, dès
que j'étais grosse, vous vous dégoûtiez aussi de moi,
vous, et je ne vous voyais plus durant des mois. On
m'envoyait à la campagne, dans le château de la
famille, au vert, au pré, faire mon petit. Et quand je
reparaissais, fraîche et belle, indestructible, toujours
séduisante et toujours entourée d'hommages, espé-
rant enfin que j'allais vivre un peu comme une jeune
femme riche qui appartient au monde, la jalousie
vous reprenait, et vous recommenciez à me poursuivre de l'infâme et haineux désir dont vous souf-
frez en ce moment, à mon côté. Et ce n'est pas le
désir de me posséder — je ne me serais jamais refu-
sée à vous — c'est le désir de me déformer.

Il s'est de plus passé cette chose abominable et si
mystérieuse que j'ai été longtemps à la pénétrer
(mais je suis devenue fine à vous voir agir et penser) : vous vous êtes attaché à vos enfants de toute la
sécurité qu'ils vous ont donnée pendant que je les
portais dans ma taille. Vous avez fait de l'affection
pour eux avec toute l'aversion que vous aviez pour
moi, avec toutes vos craintes ignobles momentané-
ment calmées et avec la joie de me voir grossir.

Ah! cette joie, combien de fois je l'ai sentie en
vous, je l'ai rencontrée dans vos yeux, je l'ai devinée.
Vos enfants, vous les aimez comme des victoires et
non comme votre sang. Ce sont des victoires[1] sur

moi, sur ma jeunesse, sur ma beauté, sur mon charme, sur les compliments qu'on m'adressait, et sur ceux qu'on chuchotait autour de moi, sans me les dire. Et vous en êtes fier ; vous paradez avec eux, vous les promenez en break au bois de Boulogne, sur des ânes à Montmorency. Vous les conduisez aux matinées théâtrales pour qu'on vous voie au milieu d'eux, qu'on dise « quel bon père » et qu'on le répète...

Il lui avait pris le poignet avec une brutalité sauvage, et il le serrait si violemment qu'elle se tut, une plainte lui déchirant la gorge.

Et il lui dit tout bas :

— J'aime mes enfants, entendez-vous ! Ce que vous venez de m'avouer est honteux de la part d'une mère. Mais vous êtes à moi. Je suis le maître... votre maître... je puis exiger de vous ce que je voudrai, quand je voudrai... et j'ai la loi... pour moi !

Il cherchait à lui écraser les doigts dans la pression de tenaille de son gros poignet musculeux. Elle, livide de douleur, s'efforçait en vain d'ôter sa main de cet étau qui la broyait ; et la souffrance la faisant haleter, des larmes lui vinrent aux yeux.

— Vous voyez bien que je suis le maître, dit-il, et le plus fort.

Il avait un peu desserré son étreinte. Elle reprit :

— Me croyez-vous pieuse ?

Il balbutia, surpris.

— Mais oui.

— Pensez-vous que je croie à Dieu ?

— Mais oui.

— Que je pourrais mentir en vous faisant un serment devant un autel où est enfermé le corps du Christ ?

— Non.

— Voulez-vous m'accompagner dans une église ?

— Pour quoi faire ?

— Vous le verrez bien. Voulez-vous ?

— Si vous y tenez, oui.

Elle éleva la voix, en appelant :

— Philippe.

Le cocher, inclinant un peu le cou, sans quitter ses chevaux des yeux, sembla tourner son oreille seule vers sa maîtresse, qui reprit :

— Allez à l'église Saint-Philippe-du-Roule[1].

Et la victoria qui arrivait à la porte du bois de Boulogne, retourna vers Paris.

La femme et le mari n'échangèrent plus une parole pendant ce nouveau trajet. Puis, lorsque la voiture fut arrêtée devant l'entrée du temple, Mme de Mascaret, sautant à terre, y pénétra, suivie à quelques pas, par le comte.

Elle alla, sans s'arrêter, jusqu'à la grille du chœur, et tombant à genoux contre une chaise cacha sa figure dans ses mains et pria. Elle pria longtemps, et lui, debout derrière elle, s'aperçut enfin qu'elle pleurait. Elle pleurait sans bruit, comme pleurent les femmes dans les grands chagrins poignants. C'était, dans tout son corps, une sorte d'ondulation qui finissait par un petit sanglot, caché, étouffé sous ses doigts.

Mais le comte de Mascaret jugea que la situation se prolongeait trop, et il la toucha sur l'épaule.

Ce contact la réveilla comme une brûlure. Se dressant, elle le regarda les yeux dans les yeux.

— Ce que j'ai à vous dire, le voici. Je n'ai peur de rien, vous ferez ce que vous voudrez. Vous me tuerez si cela vous plaît. Un de vos enfants n'est pas à vous, un seul. Je vous le jure devant le Dieu qui m'entend ici. C'était l'unique vengeance que j'eusse contre vous, contre votre abominable tyrannie de mâle, contre ces travaux forcés de l'engendrement auxquels vous m'avez condamnée. Qui fut mon amant ? Vous ne le saurez jamais ! Vous soupçonnerez tout le monde. Vous ne le découvrirez point. Je me suis donnée à lui sans amour et sans plaisir, uniquement pour vous tromper. Et il m'a rendue mère aussi, lui. Qui est son enfant[1] ? Vous ne le saurez jamais. J'en ai sept, cherchez ! Cela, je comptais vous le dire plus tard, bien plus tard, car on ne s'est vengé d'un homme, en le trompant, que lorsqu'il le sait. Vous m'avez forcée à vous le confesser aujourd'hui, j'ai fini.

Et elle s'enfuit à travers l'église, vers la porte ouverte sur la rue, s'attendant à entendre derrière elle le pas rapide de l'époux bravé, et à s'affaisser sur le pavé sous le coup d'assommoir de son poing.

Mais elle n'entendit rien, et gagna sa voiture. Elle y monta d'un saut, crispée d'angoisse, haletante de peur, et cria au cocher : « à l'hôtel ! »

Les chevaux partirent au grand trot.

II

La comtesse de Mascaret, enfermée en sa chambre, attendait l'heure du dîner comme un condamné à mort attend l'heure du supplice. Qu'allait-il faire ? Était-il rentré ? Despote, emporté, prêt à toutes les violences, qu'avait-il médité, qu'avait-il préparé, qu'avait-il résolu ? Aucun bruit dans l'hôtel, et elle regardait à tout instant les aiguilles de sa pendule. La femme de chambre était venue pour la toilette crépusculaire ; puis elle était partie.

Huit heures sonnèrent, et, presque tout de suite, deux coups furent frappés à la porte.

— Entrez.

Le maître d'hôtel parut et dit :

— Madame la comtesse est servie.

— Le comte est rentré ?

— Oui, madame la comtesse. M. le comte est dans la salle à manger.

Elle eut, pendant quelques secondes, la pensée de s'armer d'un petit revolver qu'elle avait acheté quelque temps auparavant, en prévision du drame qui se préparait dans son cœur. Mais elle songea que tous

les enfants seraient là, et elle ne prit rien, qu'un fla-
con de sels.

Lorsqu'elle entra dans la salle, son mari, debout
près de son siège, attendait. Ils échangèrent un léger
salut et s'assirent. Alors, les enfants, à leur tour,
prirent place. Les trois fils, avec leur précepteur,
l'abbé Marin, étaient à la droite de la mère ; les trois
filles, avec la gouvernante anglaise, Mlle Smith,
étaient à gauche. Le dernier enfant, âgé de trois
mois, restait seul à la chambre avec sa nourrice.

Les trois filles, toutes blondes, dont l'aînée avait
dix ans, vêtues de toilettes bleues ornées de petites
dentelles blanches, ressemblaient à d'exquises pou-
pées. La plus jeune n'avait pas trois ans. Toutes,
jolies déjà, promettaient de devenir belles comme
leur mère.

Les trois fils, deux châtains, et l'aîné, âgé de neuf
ans, déjà brun, semblaient annoncer des hommes
vigoureux, de grande taille, aux larges épaules. La
famille entière semblait bien du même sang fort et
vivace.

L'abbé prononça le bénédicité selon l'usage,
lorsque personne n'était invité, car, en présence des
étrangers, les enfants ne venaient point à table. Puis
on se mit à dîner.

La comtesse, étreinte d'une émotion qu'elle n'avait
point prévue, demeurait les yeux baissés, tandis que
le comte examinait tantôt les trois garçons et tantôt
les trois filles, avec des yeux incertains qui allaient
d'une tête à l'autre, troublés d'angoisses[1]. Tout à
coup, en reposant devant lui son verre à pied, il le
cassa, et l'eau rougie se répandit sur la nappe. Au
léger bruit que fit ce léger accident la comtesse eut
un soubresaut qui la souleva sur sa chaise. Pour la

première fois ils se regardèrent. Alors, de moment en moment, malgré eux, malgré la crispation de leur chair et de leur cœur, dont les bouleversait chaque rencontre de leurs prunelles, ils ne cessaient plus de les croiser comme des canons de pistolet.

L'abbé, sentant qu'une gêne existait dont il ne devinait pas la cause, essaya de semer une conversation. Il égrenait des sujets sans que ses inutiles tentatives fissent éclore une idée, fissent naître une parole.

La comtesse, par tact féminin, obéissant à ses instincts de femme du monde, essaya deux ou trois fois de lui répondre : mais en vain. Elle ne trouvait point ses mots dans la déroute de son esprit, et sa voix lui faisait presque peur dans le silence de la grande pièce où sonnaient seulement les petits heurts de l'argenterie et des assiettes.

Soudain son mari, se penchant en avant, lui dit :

— En ce lieu, au milieu de vos enfants, me jurez-vous la sincérité de ce que vous m'avez affirmé tantôt.

La haine fermentée dans ses veines la souleva soudain, et répondant à cette demande avec la même énergie qu'elle répondait à son regard, elle leva ses deux mains, la droite vers les fronts de ses fils, la gauche vers les fronts de ses filles, et d'un accent ferme, résolu, sans défaillance :

— Sur la tête de mes enfants, je jure que je vous ai dit la vérité.

Il se leva, et, avec un geste exaspéré ayant lancé sa serviette sur la table, il se retourna en jetant sa chaise contre le mur, puis sortit sans ajouter un mot.

Mais elle, alors, poussant un grand soupir, comme après une première victoire, reprit d'une voix calmée :

— Ne faites pas attention, mes chéris, votre papa a éprouvé un gros chagrin tantôt. Et il a encore beaucoup de peine. Dans quelques jours il n'y paraîtra plus.

Alors elle causa avec l'abbé; elle causa avec Mlle Smith; elle eut pour tous ses enfants des paroles tendres, des gentillesses, de ces douces gâteries de mère qui dilatent les petits cœurs.

Quand le dîner fut fini, elle passa au salon avec toute sa maisonnée. Elle fit bavarder les aînés, conta des histoires aux derniers, et, lorsque fut venue l'heure du coucher général, elle les baisa très longuement, puis, les ayant envoyés dormir, elle rentra seule dans sa chambre.

Elle attendit, car elle ne doutait pas qu'il viendrait. Alors, ses enfants étant loin d'elle, elle se décida à défendre sa peau d'être humain comme elle avait défendu sa vie de femme du monde, et elle cacha, dans la poche de sa robe, le petit revolver chargé qu'elle avait acheté quelques jours plus tôt.

Les heures passaient, les heures sonnaient. Tous les bruits de l'hôtel s'éteignirent. Seuls les fiacres continuèrent dans les rues leur roulement vague, doux et lointain à travers les tentures des murs.

Elle attendait, énergique et nerveuse, sans peur de lui maintenant, prête à tout et presque triomphante, car elle avait trouvé pour lui un supplice de tous les instants et de toute la vie.

Mais les premières lueurs du jour glissèrent entre les franges du bas de ses rideaux, sans qu'il fût entré chez elle. Alors elle comprit, stupéfaite, qu'il ne viendrait pas. Ayant fermé sa porte à clef et poussé le verrou de sûreté qu'elle y avait fait appliquer, elle se mit au lit enfin et y demeura, les yeux ouverts, méditant, ne comprenant plus, ne devinant pas ce qu'il allait faire.

Sa femme de chambre, en lui apportant le thé, lui remit une lettre de son mari. Il lui annonçait qu'il entreprendrait un voyage assez long, et la prévenait, en *post-scriptum*, que son notaire lui fournirait les sommes nécessaires à toutes ses dépenses.

III

C'était à l'Opéra, pendant un entracte de *Robert le Diable*[1]. Dans l'orchestre, les hommes debout, le chapeau sur la tête, le gilet largement ouvert sur la chemise blanche où brillaient l'or et les pierres des boutons, regardaient les loges pleines de femmes décolletées, diamantées, emperlées, épanouies dans cette serre illuminée où la beauté des visages et l'éclat des épaules semblent fleurir pour les regards au milieu de la musique et des voix humaines.

Deux amis, le dos tourné à l'orchestre, lorgnaient, en causant, toute cette galerie d'élégance, toute cette exposition de grâce vraie ou fausse, de bijoux, de luxe et de prétention qui s'étalait en cercle autour du grand théâtre.

Un d'eux, Roger de Salins, dit à son compagnon Bernard Grandin :

— Regarde donc la comtesse de Mascaret comme elle est toujours belle.

L'autre, à son tour, lorgna[2] dans une loge de face, une grande femme qui paraissait encore très jeune, et dont l'éclatante beauté semblait appeler les yeux de tous les coins de la salle. Son teint pâle, aux reflets d'ivoire, lui donnait un air de statue, tandis qu'en ses cheveux noirs comme une nuit, un mince diadème en arc-en-ciel, poudré de diamants, brillait ainsi qu'une voie lactée.

Quand il l'eut regardée quelque temps, Bernard Grandin répondit avec un accent badin de conviction sincère.

— Je te crois qu'elle est belle!

— Quel âge peut-elle avoir maintenant?

— Attends. Je vais te dire ça exactement. Je la connais depuis son enfance. Je l'ai vue débuter dans le monde comme jeune fille. Elle a... elle a... trente... trente... trente-six ans.

— Ce n'est pas possible?

— J'en suis sûr.

— Elle en porte vingt-cinq.

— Et elle a eu sept enfants.

— C'est incroyable.

— Ils vivent même tous les sept, et c'est une fort bonne mère. Je vais un peu dans la maison qui est agréable, très calme, très saine. Elle réalise le phénomène de la famille dans le monde.

— Est-ce bizarre? Et on n'a jamais rien dit d'elle?

— Jamais.

— Mais, son mari? Il est singulier, n'est-ce pas?

— Oui et non. Il y a peut-être eu entre eux un petit drame, un de ces petits drames qu'on soupçonne, qu'on ne connaît jamais bien, mais qu'on devine à peu près.

— Quoi?

— Je n'en sais rien, moi. Mascaret est grand viveur aujourd'hui, après avoir été un parfait époux. Tant qu'il est resté bon mari, il a eu un affreux caractère, ombrageux et grincheux. Depuis qu'il fait la fête, il est devenu très indifférent, mais on dirait qu'il

trouvent aux phénomènes des raisons ingénieuses, un peu de grâce, de beauté, de charme inconnu et de mystère. Dieu n'a créé que des êtres grossiers, pleins de germes des maladies, qui, après quelques années d'épanouissement bestial, vieillissent dans les infirmités, avec toutes les laideurs et toutes les impuissances de la décrépitude humaine. Il ne les a faits, semble-t-il, que pour se reproduire salement et pour mourir ensuite, ainsi que les insectes éphémères des soirs d'été. J'ai dit « pour se reproduire salement »; j'insiste. Qu'y a-t-il, en effet, de plus ignoble, de plus répugnant que cet acte ordurier et ridicule de la reproduction des êtres, contre lequel toutes les âmes délicates sont et seront éternellement révoltées? Puisque tous les organes inventés par ce créateur économe et malveillant servent à deux fins, pourquoi n'en a-t-il pas choisi d'autres qui ne fussent point malpropres et souillés, pour leur confier cette mission sacrée, la plus noble et la plus exaltante des fonctions humaines? La bouche, qui nourrit le corps avec des aliments matériels, répand aussi la parole et la pensée. La chair se restaure par elle, et c'est par elle, en même temps, que se communique l'idée. L'odorat, qui donne aux poumons l'air vital, donne au cerveau tous les parfums du monde : l'odeur des fleurs, des bois, des arbres, de la mer. L'oreille, qui nous fait communiquer avec nos semblables, nous a permis encore d'inventer la musique, de créer du rêve, du bonheur, de l'infini et même du plaisir physique avec des sons! Mais on dirait que le Créateur, sournois et cynique, a voulu interdire à l'homme de jamais anoblir, embellir et idéaliser sa rencontre avec la femme. L'homme, cependant, a trouvé l'amour, ce qui n'est pas mal comme réplique au

Dieu narquois, et il l'a si bien paré de poésie littéraire que la femme souvent oublie à quels contacts
elle est forcée[1]. Ceux, parmi nous, qui sont impuis-
sants à se tromper en s'exaltant, ont inventé le vice et
raffiné les débauches, ce qui est encore une manière
de berner Dieu et de rendre hommage, un hommage
impudique, à la beauté.

Mais l'être normal fait des enfants ainsi qu'une
bête accouplée par la loi.

Regarde cette femme! n'est-ce pas abominable de
penser que ce bijou, que cette perle née pour être
belle, admirée, fêtée et adorée, a passé onze ans de
sa vie à donner des héritiers au comte de Mascaret?

Bernard Grandin dit en riant :

— Il y a beaucoup de vrai dans tout cela; mais
peu de gens te comprendraient.

Salins s'animait.

— Sais-tu comment je conçois Dieu, dit-il :
comme un monstrueux organe créateur inconnu de
nous, qui sème par l'espace des milliards de mondes,
ainsi qu'un poisson unique pondrait des œufs dans
la mer. Il crée parce que c'est sa fonction de Dieu;
mais il est ignorant de ce qu'il fait, stupidement pro-
lifique, inconscient des combinaisons de toutes
sortes produites par ses germes éparpillés. La pensée
humaine est un heureux petit accident des hasards
de ses fécondations, un accident local, passager,
imprévu, condamné à disparaître avec la terre, et à
recommencer peut-être ici ou ailleurs, pareil ou différent, avec les nouvelles combinaisons des éternels
recommencements[2]. Nous lui devons, à ce petit
accident de l'intelligence, d'être très mal en ce
monde qui n'est pas fait pour nous, qui n'avait pas
été préparé pour recevoir, loger, nourrir et contenter

des êtres pensants, et nous lui devons aussi d'avoir à lutter sans cesse, quand nous sommes vraiment des raffinés et des civilisés, contre ce qu'on appelle encore les desseins de la Providence.

Grandin, qui l'écoutait avec attention, connaissant de longue date les surprises éclatantes de sa fantaisie, lui demanda :

— Alors, tu crois que la pensée humaine est un produit spontané de l'aveugle parturition divine ?

— Parbleu ! une fonction fortuite des centres nerveux de notre cerveau, pareille aux actions chimiques imprévues dues à des mélanges nouveaux, pareille aussi à une production d'électricité, créée par des frottements ou des voisinages inattendus, à tous les phénomènes enfin engendrés par les fermentations infinies et fécondes de la matière qui vit.

Mais, mon cher, la preuve en éclate pour quiconque regarde autour de soi. Si la pensée humaine, voulue par un créateur conscient, avait dû être ce qu'elle est devenue, si différente de la pensée et de la résignation animales, exigeante, chercheuse, agitée, tourmentée, est-ce que le monde créé pour recevoir l'être que nous sommes aujourd'hui aurait été cet inconfortable petit parc à bestioles, ce champ à salades, ce potager sylvestre, rocheux et sphérique où votre Providence imprévoyante nous avait destinés à vivre nus, dans les grottes ou sous les arbres, nourris de la chair massacrée des animaux, nos frères, ou des légumes crus poussés sous le soleil et les pluies ?

Mais il suffit de réfléchir une seconde pour comprendre que ce monde n'est pas fait pour des créatures comme nous. La pensée éclose et développée par un miracle nerveux des cellules de notre tête, toute impuissante, ignorante et confuse qu'elle est et qu'elle demeurera toujours, fait de nous tous, les intellectuels, d'éternels et misérables exilés sur cette terre.

Contemple-la, cette terre, telle que Dieu l'a donnée à ceux qui l'habitent. N'est-elle pas visiblement et uniquement disposée, plantée et boisée pour des animaux? Qu'y a-t-il pour nous? Rien. Et pour eux, tout : les cavernes, les arbres, les feuillages, les sources, le gîte, la nourriture et la boisson. Aussi les gens difficiles comme moi n'arrivent-ils jamais à s'y trouver bien. Ceux-là seuls qui se rapprochent de la brute sont contents et satisfaits. Mais les autres, les poètes, les délicats, les rêveurs, les chercheurs, les inquiets. Ah! les pauvres gens!

Je mange des choux et des carottes, sacrebleu, des oignons, des navets et des radis, parce que nous avons été contraints de nous y accoutumer, même d'y prendre goût, et parce qu'il ne pousse pas autre chose, mais c'est là une nourriture de lapins et de chèvres, comme l'herbe et le trèfle sont des nourritures de cheval et de vache. Quand je regarde les épis d'un champ de blé mûr, je ne doute pas que cela n'ait germé dans le sol pour des becs de moineaux ou d'alouettes, mais non point pour ma bouche. En mastiquant du pain, je vole donc les oiseaux, comme je vole la belette et le renard en mangeant des poules. La caille, le pigeon et la perdrix ne sont-ils pas les proies naturelles de l'épervier; le mouton, le chevreuil et le bœuf, celle des grands carnassiers, plutôt que des viandes engraissées pour nous être servies rôties avec des truffes qui auraient été déterrées spécialement pour nous, par les cochons.

Mais, mon cher, les animaux n'ont rien à faire pour vivre ici-bas. Ils sont chez eux, logés et nourris, ils n'ont qu'à brouter ou à chasser et à s'entre-manger, selon leurs instincts, car Dieu n'a jamais prévu la douceur et les mœurs pacifiques; il n'a prévu que la mort des êtres acharnés à se détruire et à se dévorer.

Quant à nous! Ah! ah! il nous en a fallu du travail, de l'effort, de la patience, de l'invention, de l'imagination, de l'industrie, du talent et du génie pour rendre à peu près logeable ce sol de racines et de pierres. Mais songe à ce que nous avons fait, malgré la nature, contre la nature, pour nous installer d'une façon médiocre, à peine propre, à peine confortable, à peine élégante, pas digne de nous.

Et plus nous sommes civilisés, intelligents, raffinés, plus nous devons vaincre et dompter l'instinct animal qui représente en nous la volonté de Dieu.

Songe qu'il nous a fallu inventer la civilisation, toute la civilisation, qui comprend tant de choses, tant, tant, de toutes sortes, depuis les chaussettes jusqu'au téléphone. Songe à tout ce que tu vois tous les jours, à tout ce qui nous sert de toutes les façons.

Pour adoucir notre sort de brutes, nous avons découvert et fabriqué de tout, à commencer par des maisons, puis des nourritures exquises, des sauces, des bonbons, des pâtisseries, des boissons, des liqueurs, des étoffes, des vêtements, des parures, des lits, des sommiers, des voitures, des chemins de fer, des machines innombrables; nous avons, de plus, trouvé les sciences et les arts, l'écriture et les vers. Oui, nous avons créé les arts, la poésie, la musique, la peinture. Tout l'idéal vient de nous, et aussi toute la coquetterie de la vie, la toilette des femmes et le talent des hommes qui ont fini par un peu parer à nos yeux, par rendre moins nue, moins monotone et moins dure l'existence de simples reproducteurs pour laquelle la divine Providence nous avait uniquement animés.

Regarde ce théâtre. N'y a-t-il pas là-dedans un monde humain créé par nous, imprévu par les Destins éternels, ignoré d'Eux, compréhensible seulement par nos esprits, une distraction coquette, sensuelle, intelligente, inventée uniquement pour et par la petite bête mécontente et agitée que nous sommes ?

Regarde cette femme, Mme de Mascaret. Dieu l'avait faite pour vivre dans une grotte, nue, ou enveloppée de peaux de bêtes. N'est-elle pas mieux ainsi ? Mais, à ce propos, sait-on pourquoi et comment sa brute de mari, ayant près de lui une compagne pareille et, surtout après avoir été assez rustre pour la rendre sept fois mère, l'a lâchée tout à coup pour courir les gueuses ?

Grandin répondit :

— Eh ! mon cher, c'est probablement là l'unique raison. Il a fini par trouver que cela lui coûtait trop cher, de coucher toujours chez lui. Il est arrivé, par économie domestique, aux mêmes principes que tu poses en philosophe.

On frappait les trois coups pour le dernier acte. Les deux amis se retournèrent, ôtèrent leur chapeau et s'assirent.

IV

Dans le coupé qui les ramenait chez eux après la représentation de l'Opéra, le comte et la comtesse de Mascaret, assis côte à côte, se taisaient. Mais voilà que le mari, tout à coup, dit à sa femme :

— Gabrielle !

— Que me voulez-vous ?

— Ne trouvez-vous pas que ça a assez duré !

— Quoi donc ?

— L'abominable supplice auquel, depuis six ans, vous me condamnez.

— Que voulez-vous, je n'y puis rien.

— Dites-moi lequel, enfin ?

— Jamais.

— Songez que je ne puis plus voir mes enfants, les sentir autour de moi, sans avoir le cœur broyé par ce doute. Dites-moi lequel, et je vous jure que je pardonnerai, que je le traiterai comme les autres.

— Je n'en ai pas le droit.

— Vous ne voyez donc pas que je ne peux plus supporter cette vie, cette pensée qui me ronge, et cette question que je me pose sans cesse, cette question qui me torture chaque fois que je les regarde. J'en deviens fou.

Elle demanda :

— Vous avez donc beaucoup souffert ?

— Affreusement. Est-ce que j'aurais accepté, sans cela, l'horreur de vivre à votre côté, et l'horreur, plus grande encore, de sentir, de savoir parmi eux qu'il y en a un, que je ne puis connaître, et qui m'empêche d'aimer les autres.

Elle répéta :

— Alors, vous avez vraiment souffert beaucoup ?

Il répondit d'une voix contenue et douloureuse :

— Mais, puisque je vous répète tous les jours que c'est pour moi un intolérable supplice. Sans cela, serais-je revenu ? serais-je demeuré dans cette maison, près de vous et près d'eux, si je ne les aimais pas, eux ? Ah ! vous vous êtes conduite avec moi d'une façon abominable. J'ai pour mes enfants la seule tendresse de mon cœur ; vous le savez bien. Je suis pour eux un père des anciens temps, comme j'ai été pour vous le mari des anciennes familles, car je reste, moi, un homme d'instinct, un homme de la nature, un homme d'autrefois. Oui, je l'avoue, vous m'avez rendu jaloux atrocement, parce que vous êtes une femme d'une autre race, d'une autre âme, avec d'autres besoins. Ah ! les choses que vous m'avez dites, je ne les oublierai jamais. À partir de ce jour, d'ailleurs, je ne me suis plus soucié de vous. Je ne vous ai pas tuée parce que je n'aurais plus gardé un moyen sur la terre de découvrir jamais lequel de nos... de vos enfants n'est pas à moi. J'ai attendu, mais j'ai souffert plus que vous ne sauriez croire, car je n'ose plus les aimer, sauf les deux aînés peut-être ; je n'ose plus les regarder, les appeler, les embrasser ; je ne peux plus en prendre un sur mes genoux sans me demander : « N'est-ce pas celui-là ? » J'ai été avec vous correct et même doux et complaisant depuis six ans. Dites-moi la vérité et je vous jure que je ne ferai rien de mal.

Dans l'ombre de la voiture, il crut deviner qu'elle était émue, et sentant qu'elle allait enfin parler.

— Je vous prie, dit-il, je vous en supplie...

Elle murmura :

— J'ai été peut-être plus coupable que vous ne croyez. Mais je ne pouvais pas, je ne pouvais plus continuer cette vie odieuse de grossesses. Je n'avais qu'un moyen de vous chasser de mon lit. J'ai menti devant Dieu, et j'ai menti, la main levée sur la tête de mes enfants, car je ne vous ai jamais trompé.

Il lui saisit le bras dans l'ombre, et le serrant comme il avait fait au jour terrible de leur promenade au bois, il balbutia :

— Est-ce vrai ?

— C'est vrai.

Mais lui, soulevé d'angoisse, gémit :

— Ah ! je vais retomber en de nouveaux doutes qui ne finiront plus ! Quel jour avez-vous menti, autrefois ou aujourd'hui ? Comment vous croire à présent ? Comment croire une femme après cela ? Je ne saurai plus jamais ce que je dois penser. J'aimerais mieux que vous m'eussiez dit : « C'est Jacques, ou c'est Jeanne[1]. »

La voiture pénétrait dans la cour de l'hôtel. Quand elle se fut arrêtée devant le perron, le comte descendit le premier et offrit, comme toujours, le bras à sa femme pour gravir les marches.

Puis, dès qu'ils atteignirent le premier étage :

— Puis-je vous parler encore quelques instants ? dit-il.

Elle répondit :

— Je veux bien.

Ils entrèrent dans un petit salon, dont un valet de pied, un peu surpris, alluma les bougies.

Puis, quand ils furent seuls, il reprit :

— Comment savoir la vérité ? Je vous ai suppliée mille fois de parler, vous êtes restée muette, impénétrable, inflexible, inexorable, et voilà qu'aujourd'hui vous venez me dire que vous avez menti. Pendant six ans vous avez pu me laisser croire une chose pareille ! Non, c'est aujourd'hui que vous mentez, je ne sais pourquoi, par pitié pour moi, peut-être ?

Elle répondit avec un air sincère et convaincu :

— Mais sans cela j'aurais eu encore quatre enfants pendant les six dernières années.

Il s'écria :

— C'est une mère qui parle ainsi ?

— Ah ! dit-elle, je ne me sens pas du tout la mère des enfants qui ne sont pas nés, il me suffit d'être la mère de ceux que j'ai et de les aimer de tout mon cœur. Je suis, nous sommes des femmes du monde civilisé, monsieur. Nous ne sommes plus et nous refusons d'être de simples femelles qui repeuplent la terre.

Elle se leva ; mais il lui saisit les mains.

— Un mot, un mot seulement, Gabrielle. Dites-moi la vérité.

— Je viens de vous la dire. Je ne vous ai jamais trompé.

Il la regardait bien en face, si belle, avec ses yeux gris comme des ciels froids. Dans sa sombre coiffure, dans cette nuit opaque des cheveux noirs luisait le diadème poudré de diamants, pareil à une voie lactée. Alors, il sentit soudain, il sentit par une sorte d'intuition que cet être-là n'était plus seulement une femme destinée à perpétuer sa race, mais le produit bizarre et mystérieux de tous nos désirs compliqués, amassés en nous par les siècles, détournés de leur but primitif et divin, errant vers une beauté mystique, entrevue et insaisissable. Elles sont ainsi quelques-unes qui fleurissent uniquement pour nos rêves, parées de tout ce que la civilisation a mis de poésie, ce luxe idéal, de coquetterie et de charme esthétique autour de la femme, cette statue de chair qui avive, autant que les fièvres sensuelles, d'immatériels appétits.

L'époux demeurait debout devant elle, stupéfait de cette tardive et obscure découverte, touchant confusément la cause de sa jalousie ancienne, et comprenant mal tout cela.

Il dit enfin :

— Je vous crois. Je sens qu'en ce moment vous ne mentez pas ; et, autrefois en effet, il m'avait toujours semblé que vous mentiez.

Elle lui tendit la main.

— Alors, nous sommes amis ?

Il prit cette main et la baisa, en répondant :

— Nous sommes amis. Merci, Gabrielle.

Puis il sortit, en la regardant toujours, émerveillé qu'elle fût encore si belle, et sentant naître en lui une émotion étrange, plus redoutable peut-être que l'antique et simple amour !

Le Champ d'oliviers

I

Quand les hommes du port, du petit port provençal de Garandou, au fond de la baie Pisca, entre Marseille et Toulon, aperçurent la barque de l'abbé Vilbois qui revenait de la pêche, ils descendirent sur la plage pour aider à tirer le bateau.

L'abbé était seul dedans, et il ramait comme un vrai marin, avec une énergie rare malgré ses cinquante-huit ans. Les manches retroussées sur des bras musculeux, la soutane relevée en bas et serrée entre les genoux, un peu déboutonnée sur la poitrine, son tricorne sur le banc à son côté, et la tête coiffée d'un chapeau cloche en liège recouvert de toile blanche, il avait l'air d'un solide et bizarre ecclésiastique des pays chauds, fait pour les aventures plus que pour dire la messe.

De temps en temps, il regardait derrière lui pour bien reconnaître le point d'abordage, puis il recommençait à tirer, d'une façon rythmée, méthodique et forte, pour montrer, une fois de plus, à ces mauvais matelots du Midi, comment nagent les hommes du Nord.

La barque lancée toucha le sable et glissa dessus comme si elle allait gravir toute la plage en y enfonçant sa quille ; puis elle s'arrêta net, et les cinq hommes qui regardaient venir le curé s'appro-chèrent, affables, contents, sympathiques au prêtre.

— Eh ben ! dit l'un avec son fort accent de Pro-vence, bonne pêche, monsieur le curé ?

L'abbé Vilbois rentra ses avirons, retira son cha-peau cloche pour se couvrir de son tricorne, abaissa ses manches sur ses bras, reboutonna sa soutane, puis ayant repris sa tenue et sa prestance de desser-vant du village, il répondit avec fierté :

— Oui, oui, très bonne, trois loups, deux murènes et quelques girelles.

Les cinq pêcheurs s'étaient approchés de la barque, et penchés au-dessus du bordage, ils exami-naient, avec un air de connaisseurs, les bêtes mortes, les loups gras, les murènes à tête plate, hideux ser-pents de mer, et les girelles violettes striées en zigzag de bandes dorées de la couleur des peaux d'oranges.

Un d'eux dit :

— Je vais vous porter ça dans votre bastide, mon-sieur le curé.

— Merci, mon brave.

Ayant serré les mains, le prêtre se mit en route, suivi d'un homme et laissant les autres occupés à prendre soin de son embarcation.

Il marchait à grands pas lents, avec un air de force et de dignité. Comme il avait encore chaud d'avoir ramé avec tant de vigueur, il se découvrait par moments en passant sous l'ombre légère des oliviers, pour livrer à l'air du soir, toujours tiède, mais un peu calmé par une vague brise du large, son front carré, couvert de cheveux blancs, droits et ras, un front d'officier bien plus qu'un front de prêtre. Le village apparaissait sur une butte, au milieu d'une large val-lée descendant en plaine vers la mer.

C'était par un soir de juillet. Le soleil éblouissant, tout près d'atteindre la crête dentelée de collines lointaines, allongeait en biais sur la route blanche, ensevelie sous un suaire de poussière, l'ombre interminable de l'ecclésiastique dont le tricorne démesuré promenait dans le champ voisin une large tache sombre qui semblait jouer à grimper vivement sur tous les troncs d'oliviers rencontrés, pour retomber aussitôt par terre, où elle rampait entre les arbres.

Sous les pieds de l'abbé Vilbois, un nuage de poudre fine, de cette farine impalpable dont sont couverts, en été, les chemins provençaux, s'élevait, fumant autour de sa soutane qu'elle voilait et couvrait, en bas, d'une teinte grise de plus en plus claire. Il allait, rafraîchi maintenant et les mains dans ses poches, avec l'allure lente et puissante d'un montagnard faisant une ascension. Ses yeux calmes regardaient le village, son village où il était curé depuis vingt ans, village choisi par lui, obtenu par grande faveur, où il comptait mourir. L'église, son église, couronnait le large cône des maisons entassées autour d'elle, de ses deux tours de pierre brune, inégales et carrées, qui dressaient dans ce beau vallon méridional leurs silhouettes anciennes plus pareilles à des défenses de château fort, qu'à des clochers de monument sacré.

L'abbé était content, car il avait pris trois loups, deux murènes et quelques girelles.

Il aurait ce nouveau petit triomphe auprès de ses paroissiens, lui, qu'on respectait surtout, parce qu'il était peut-être, malgré son âge, l'homme le mieux musclé du pays. Ces légères vanités innocentes étaient son plus grand plaisir. Il tirait au pistolet de façon à couper des tiges de fleurs, faisait quelquefois des armes avec le marchand de tabac, son voisin, ancien prévôt de régiment, et il nageait mieux que personne sur la côte.

C'était d'ailleurs un ancien homme du monde, fort connu jadis, fort élégant, le baron de Vilbois, qui s'était fait prêtre, à trente-deux ans, à la suite d'un chagrin d'amour.

Issu d'une vieille famille picarde, royaliste et religieuse, qui depuis plusieurs siècles donnait ses fils à l'armée, à la magistrature ou au clergé, il songea d'abord à entrer dans les ordres sur le conseil de sa mère, puis sur les instances de son père il se décida à venir simplement à Paris, faire son droit, et chercher ensuite quelque grave fonction au Palais.

Mais pendant qu'il achevait ses études, son père succomba à une pneumonie à la suite de chasses au marais, et sa mère, saisie par le chagrin, mourut peu de temps après. Donc, ayant hérité soudain d'une grosse fortune, il renonça à des projets de carrière quelconque pour se contenter de vivre en homme riche.

Beau garçon, intelligent bien que d'un esprit limité par des croyances, des traditions et des principes, héréditaires comme ses muscles de hobereau picard, il plut, il eut du succès dans le monde sérieux, et goûta la vie en homme jeune, rigide, opulent et considéré.

Mais voilà qu'à la suite de quelques rencontres chez un ami il devint amoureux d'une jeune actrice, d'une toute jeune élève du Conservatoire qui débutait avec éclat à l'Odéon.

Il en devint amoureux avec toute la violence, avec tout l'emportement d'un homme né pour croire à des idées absolues. Il en devint amoureux en la voyant à travers le rôle romanesque où elle avait obtenu, le jour même où elle se montra pour la première fois au public, un grand succès.

Elle était jolie, nativement perverse, avec un air d'enfant naïf qu'il appelait son air d'ange. Elle sut le conquérir complètement, faire de lui un de ces délirants forcenés, un de ces déments en extase qu'un regard ou qu'une jupe de femme brûle sur le bûcher des Passions Mortelles. Il la prit donc pour maîtresse, lui fit quitter le théâtre, et l'aima, pendant quatre ans, avec une ardeur toujours grandissante. Certes, malgré son nom et les traditions d'honneur de sa famille, il aurait fini par l'épouser, s'il n'avait découvert, un jour, qu'elle le trompait depuis longtemps avec l'ami qui la lui avait fait connaître.

Le drame fut d'autant plus terrible qu'elle était enceinte, et qu'il attendait la naissance de l'enfant pour se décider au mariage.

Quand il tint entre ses mains les preuves, des lettres, surprises dans un tiroir[1], il lui reprocha son infidélité, sa perfidie, son ignominie, avec toute la brutalité du demi-sauvage qu'il était.

Mais elle, enfant des trottoirs de Paris, impudente autant qu'impudique, sûre de l'autre homme comme de celui-là, hardie d'ailleurs comme ces filles du peuple qui montent aux barricades par simple crânerie, le brava et l'insulta; et comme il levait la main, elle lui montra son ventre.

Il s'arrêta, pâlissant, songea qu'un descendant de lui était là, dans cette chair souillée, dans ce corps vil, dans cette créature immonde, un enfant de lui! Alors il se rua sur elle pour les écraser tous les deux, anéantir cette double honte. Elle eut peur, se sentant perdue, et comme elle roulait sous son poing,

comme elle voyait son pied prêt à frapper par terre
le flanc gonflé où vivait déjà un embryon d'homme,
elle lui cria, les mains tendues pour arrêter les
coups :

— Ne me tue point. Ce n'est pas à toi, c'est à lui.

Il fit un bond en arrière, tellement stupéfait, tellement bouleversé que sa fureur resta suspendue
comme son talon, et il balbutia :

— Tu... tu dis ?

Elle, folle de peur tout à coup devant la mort
entrevue dans les yeux et dans le geste terrifiants de
cet homme, répéta :

— Ce n'est pas à toi, c'est à lui.

Il murmura, les dents serrées, anéanti :

— L'enfant ?

— Oui.

— Tu mens.

Et, de nouveau, il commença le geste du pied qui
va écraser quelqu'un, tandis que sa maîtresse,
redressée à genoux, essayant de reculer, balbutiait
toujours.

— Puisque je te dis que c'est à lui. S'il était à toi,
est-ce que je ne l'aurais pas eu depuis longtemps ?

Cet argument le frappa comme la vérité même.
Dans un de ces éclairs de pensée où tous les raisonnements apparaissent en même temps avec une
illuminante clarté, précis, irréfutables, concluants,
irrésistibles, il fut convaincu, il fut sûr qu'il n'était
point le père du misérable enfant de gueuse qu'elle
portait en elle ; et, soulagé, délivré, presque apaisé
soudain, il renonça à détruire cette infâme créature.

Alors il lui dit d'une voix plus calme :

— Lève-toi, va-t'en, et que je ne te revoie jamais.

Elle obéit, vaincue, et s'en alla.

Il ne la revit jamais.

Il partit de son côté. Il descendit vers le Midi, vers le soleil, et s'arrêta dans un village, debout au milieu d'un vallon, au bord de la Méditerranée. Une auberge lui plut qui regardait la mer; il y prit une chambre et y resta. Il y demeura dix-huit mois, dans le chagrin, dans le désespoir, dans un isolement complet. Il y vécut avec le souvenir dévorant de la femme traîtresse, de son charme, de son enveloppement, de son ensorcellement inavouable, et avec le regret de sa présence et de ses caresses.

Il errait par les vallons provençaux, promenant au soleil tamisé par les grisâtres feuillettes des oliviers, sa pauvre tête malade où vivait une obsession.

Mais ses anciennes idées pieuses, l'ardeur un peu calmée de sa foi première lui revinrent au cœur tout doucement dans cette solitude douloureuse. La religion qui lui était apparue autrefois comme un refuge contre la vie inconnue, lui apparaissait maintenant comme un refuge contre la vie trompeuse et torturante. Il avait conservé des habitudes de prière. Il s'y attacha dans son chagrin, et il allait souvent, au crépuscule, s'agenouiller dans l'église assombrie où brillait seul, au fond du chœur, le point de feu de la lampe, gardienne sacrée du sanctuaire, symbole de la présence divine.

Il confia sa peine à ce Dieu, à son Dieu, et lui dit toute sa misère. Il lui demandait conseil, pitié, secours, protection, consolation, et dans son oraison répétée chaque jour plus fervente, il mettait chaque fois une émotion plus forte.

Son cœur meurtri, rongé par l'amour d'une femme, restait ouvert et palpitant, avide toujours de tendresse; et peu à peu, à force de prier, de vivre en ermite avec des habitudes de piété grandissantes, de s'abandonner à cette communication secrète des âmes dévotes avec le Sauveur qui console et attire les misérables, l'amour mystique de Dieu entra en lui et vainquit l'autre.

Alors il reprit ses premiers projets, et se décida à offrir à l'Église une vie brisée qu'il avait failli lui donner vierge.

Il se fit donc prêtre. Par sa famille, par ses relations il obtint d'être nommé desservant de ce village provençal où le hasard l'avait jeté, et, ayant consacré à des œuvres bienfaisantes une grande partie de sa fortune, n'ayant gardé que ce qui lui permettrait de demeurer jusqu'à sa mort utile et secourable aux pauvres, il se réfugia dans une existence calme de pratiques pieuses et de dévouement à ses semblables.

Il fut un prêtre à vues étroites, mais bon[1], une sorte de guide religieux à tempérament de soldat, un guide de l'Église qui conduisait par force dans le droit chemin l'humanité errante, aveugle, perdue en cette forêt de la vie où tous nos instincts, nos goûts, nos désirs, sont des sentiers qui égarent. Mais beaucoup de l'homme d'autrefois restait toujours vivant en lui. Il ne cessa pas d'aimer les exercices violents, les nobles sports, les armes, et il détestait les femmes, toutes, avec une peur d'enfant devant un mystérieux danger.

II

Le matelot qui suivait le prêtre se sentait sur la langue une envie toute méridionale de causer. Il n'osait pas, car l'abbé exerçait sur ses ouailles un grand prestige. À la fin il s'y hasarda.

— Alors, dit-il, vous vous trouvez bien dans votre bastide, monsieur le curé?

Cette bastide était une de ces maisons microscopiques où les Provençaux des villes et des villages vont se nicher, en été, pour prendre l'air. L'abbé avait loué cette case dans un champ, à cinq minutes de son presbytère, trop petit et emprisonné au centre de la paroisse, contre l'église.

Il n'habitait pas régulièrement, même en été, cette campagne; il y allait seulement passer quelques jours de temps en temps, pour vivre en pleine verdure et tirer au pistolet.

— Oui, mon ami, dit le prêtre, je m'y trouve très bien.

La demeure basse apparaissait bâtie au milieu des arbres, peinte en rose, zébrée, hachée, coupée en petits morceaux par les branches et les feuilles des oliviers dont était planté le champ sans clôture où elle semblait poussée comme un champignon de Provence.

On apercevait aussi une grande femme qui circulait devant la porte en préparant une petite table à dîner où elle posait à chaque retour, avec une lenteur méthodique, un seul couvert, une assiette, une serviette, un morceau de pain, un verre à boire. Elle était coiffée du petit bonnet des Arlésiennes, cône pointu de soie ou de velours noir sur qui fleurit un champignon blanc.

Quand l'abbé fut à portée de la voix, il lui cria :

— Eh! Marguerite?

Elle s'arrêta pour regarder, et reconnaissant son maître :

— Té c'est vous, monsieur le curé?

— Oui. Je vous apporte une belle pêche, vous allez tout de suite me faire griller un loup, un loup au beurre, rien qu'au beurre, vous entendez?

La servante, venue au-devant des hommes, examinait d'un œil connaisseur les poissons portés par le matelot.

— C'est que nous avons déjà une poule au riz, dit-elle.

— Tant pis, le poisson du lendemain ne vaut pas le poisson sortant de l'eau. Je vais faire une petite fête de gourmand, ça ne m'arrive pas trop souvent; et puis, le péché n'est pas gros.

La femme choisissait le loup, et comme elle s'en allait en l'emportant, elle se retourna :

— Ah! il est venu un homme vous chercher trois fois, monsieur le curé.

Il demanda avec indifférence.

— Un homme! Quel genre d'homme?

— Mais un homme qui ne se recommande pas de lui-même.

— Quoi! un mendiant?

— Peut-être, oui, je ne dis pas. Je croirais plutôt un maoufatan.

L'abbé Vilbois se mit à rire de ce mot provençal qui signifie malfaiteur, rôdeur de routes, car il connaissait l'âme timorée de Marguerite qui ne pouvait séjourner à la bastide sans s'imaginer tout le long des jours et surtout des nuits qu'ils allaient être assassinés.

Il donna quelques sous au marin qui s'en alla, et, comme il disait, ayant conservé toutes ses habitudes de soins et de tenue d'ancien mondain : — « Je vas me passer un peu d'eau sur le nez et sur les mains », — Marguerite lui cria de sa cuisine où elle grattait à rebours, avec un couteau, le dos du loup dont les écailles un peu tachées de sang se détachaient comme d'infimes piécettes d'argent.

— Tenez le voilà!

L'abbé vira vers la route et aperçut en effet un homme, qui lui parut, de loin, fort mal vêtu, et qui s'en venait à petits pas vers la maison. Il l'attendit, souriant encore de la terreur de sa domestique, et pensant : « Ma foi, je crois qu'elle a raison, il a bien l'air d'un maoufatan ».

L'inconnu approchait, les mains dans ses poches, les yeux sur le prêtre, sans se hâter. Il était jeune, portait toute la barbe blonde et frisée, et des mèches de cheveux se roulaient en boucles au sortir d'un chapeau de feutre mou, tellement sale et défoncé que personne n'en aurait pu deviner la couleur et la forme premières. Il avait un long pardessus marron, une culotte dentelée autour des chevilles, et il était chaussé d'espadrilles, ce qui lui donnait une démarche molle, muette, inquiétante, un pas imperceptible de rôdeur.

Quand il fut à quelques enjambées de l'ecclésiastique, il ôta la loque qui lui abritait le front, en se découvrant avec un air un peu théâtral, et montrant une tête flétrie, crapuleuse et jolie, chauve sur le sommet du crâne, marque de fatigue ou de débauche précoce, car cet homme assurément n'avait pas plus de vingt-cinq ans.

Le prêtre, aussitôt, se découvrit aussi, devinant et sentant que ce n'était pas là le vagabond ordinaire, l'ouvrier sans travail ou le repris de justice errant entre deux prisons et qui ne sait plus guère parler que le langage mystérieux des bagnes.

— Bonjour, monsieur le curé, dit l'homme. Le prêtre répondit simplement : « Je vous salue », ne voulant pas appeler « Monsieur » ce passant suspect et haillonneux. Ils se contemplaient fixement et l'abbé Vilbois, devant le regard de ce rôdeur, se sentait troublé, ému comme en face d'un ennemi inconnu, envahi par une de ces inquiétudes étranges qui se glissent en frissons dans la chair et dans le sang.

À la fin, le vagabond reprit :

— Eh bien ! me reconnaissez-vous ?

Le prêtre, très étonné, répondit :

— Moi, pas du tout, je ne vous connais point.

— Ah ! vous ne me connaissez point. Regardez-moi davantage.

— J'ai beau vous regarder, je ne vous ai jamais vu.

— Ça c'est vrai, reprit l'autre, ironique, mais je vais vous montrer quelqu'un que vous connaissez mieux.

Il se recoiffa et déboutonna son pardessus. Sa poitrine était nue dedans. Une ceinture rouge, roulée autour de son ventre maigre, retenait sa culotte au-dessus de ses hanches.

Il prit dans sa poche une enveloppe, une de ces invraisemblables enveloppes que toutes les taches possibles ont marbrées, une de ces enveloppes qui gardent, dans les doublures des gueux errants, les papiers quelconques, vrais ou faux, volés ou légitimes, précieux défenseurs de la liberté contre le gendarme rencontré. Il en tira une photographie, une de ces cartes grandes comme une lettre, qu'on faisait souvent autrefois, jaunie, fatiguée, traînée longtemps partout, chauffée contre la chair de cet homme et ternie par sa chaleur.

Alors, l'élevant à côté de sa figure, il demanda :

— Et celui-là, le connaissez-vous ?

L'abbé fit deux pas pour mieux voir et demeura pâlissant, bouleversé, car c'était son propre portrait, fait pour Elle, à l'époque lointaine de son amour.

Il ne répondait rien, ne comprenant pas.

Le vagabond répéta :

— Le reconnaissez-vous, celui-là ?

Et le prêtre balbutia :

— Mais oui.

— Qui est-ce ?

— C'est moi.

— C'est bien vous ?

— Mais oui.

— Eh bien ! regardez-nous tous les deux, maintenant, votre portrait et moi ?

Il avait vu déjà, le misérable homme, il avait vu que ces deux êtres, celui de la carte et celui qui riait à côté, se ressemblaient comme deux frères, mais il ne comprenait pas encore, et il bégaya :

— Que me voulez-vous, enfin ?

Alors, le gueux, d'une voix méchante :

— Ce que je veux, mais je veux que vous me reconnaissiez d'abord.

— Qui êtes-vous donc ?

— Ce que je suis ? Demandez-le à n'importe qui sur la route, demandez-le à votre bonne, allons le demander au maire du pays si vous voulez, en lui montrant ça ; et il rira bien, c'est moi qui vous le dis. Ah ! vous ne voulez pas reconnaître que je suis votre fils, papa curé ?

Alors le vieillard, levant ses bras en un geste biblique et désespéré, gémit :

— Ça n'est pas vrai.

Le jeune homme s'approcha tout contre lui, face à face.

— Ah ! ça n'est pas vrai. Ah ! l'abbé, il faut cesser de mentir, entendez-vous ?

Il avait une figure menaçante et les poings fermés, et il parlait avec une conviction si violente, que le prêtre, reculant toujours, se demandait lequel des deux se trompait en ce moment.

Encore une fois, cependant, il affirma :

— Je n'ai jamais eu d'enfant.

L'autre ripostant :

— Et pas de maîtresse, peut-être ?

Le vieillard prononça résolument un seul mot, un fier aveu :

— Si.

— Et cette maîtresse n'était pas grosse quand vous l'avez chassée ?

Soudain, la colère ancienne, étouffée vingt-cinq ans plus tôt, non pas étouffée, mais murée au fond du cœur de l'amant, brisa les voûtes de foi, de dévotion résignée, de renoncement à tout, qu'il avait construites sur elle, et, hors de lui, il cria :

— Je l'ai chassée parce qu'elle m'avait trompé et qu'elle portait en elle l'enfant d'un autre, sans quoi, je l'aurais tuée, monsieur, et vous avec elle.

Le jeune homme hésita, surpris à son tour par l'emportement sincère du curé, puis il répliqua plus doucement :

— Qui vous a dit ça que c'était l'enfant d'un autre ?

— Mais elle, elle-même, en me bravant.

Alors, le vagabond, sans contester cette affirmation, conclut avec un ton indifférent de voyou qui juge une cause :

— Eh ben ! c'est maman qui s'est trompée en vous narguant, v'là tout.

Redevenant aussi plus maître de lui, après ce mouvement de fureur, l'abbé, à son tour, interrogea :

— Et qui vous a dit, à vous, que vous étiez mon fils ?

— Elle, en mourant, m'sieu l'curé... Et puis ça !

Et il tendait, sous les yeux du prêtre, la petite photographie.

Le vieillard la prit, et lentement, longuement, le cœur soulevé d'angoisse, il compara ce passant inconnu avec son ancienne image, et il ne douta plus, c'était bien son fils.

Une détresse emporta son âme, une émotion inexprimable, affreusement pénible, comme le remords d'un crime ancien. Il comprenait un peu, il devinait le reste, il revoyait la scène brutale de la séparation. C'était pour sauver sa vie, menacée par l'homme outragé, que la femme, la trompeuse et perfide femelle lui avait jeté ce mensonge. Et le mensonge avait réussi. Et un fils de lui était né, avait grandi, était devenu ce sordide coureur de routes, qui sentait le vice comme un bouc sent la bête.

Il murmura :

— Voulez-vous faire quelques pas avec moi, pour nous expliquer davantage ?

L'autre se mit à ricaner.

— Mais, parbleu! C'est bien pour cela que je suis venu.

Ils s'en allèrent ensemble, côte à côte, par le champ d'oliviers. Le soleil avait disparu. La grande fraîcheur des crépuscules du Midi étendait sur la campagne un invisible manteau froid. L'abbé frissonnait et levant soudain les yeux, dans un mouvement habituel d'officiant, il aperçut partout autour de lui, tremblotant sur le ciel, le petit feuillage grisâtre de l'arbre sacré qui avait abrité sous son ombre frêle la plus grande douleur, la seule défaillance du Christ[1].

Une prière jaillit de lui, courte et désespérée, faite avec cette voix intérieure qui ne passe point par la bouche et dont les croyants implorent le Sauveur : « Mon Dieu, secourez-moi. »

Puis se tournant vers son fils :

— Alors, votre mère est morte ?

Un nouveau chagrin s'éveillait en lui, en prononçant ces paroles : « Votre mère est morte » et crispait son cœur, une étrange misère de la chair de l'homme qui n'a jamais fini d'oublier, et un cruel écho de la torture qu'il avait subie, mais plus encore peut-être, puisqu'elle était morte, un tressaillement de ce délirant et court bonheur de jeunesse dont rien maintenant ne restait plus que la plaie de son souvenir.

Le jeune homme répondit :

— Oui, monsieur le curé, ma mère est morte.

— Y a-t-il longtemps ?

— Oui, trois ans déjà.

Un doute nouveau envahit le prêtre.

— Et comment n'êtes-vous pas venu me trouver plus tôt ?

L'autre hésita.

— Je n'ai pas pu. J'ai eu des empêchements...
Mais, pardonnez-moi d'interrompre ces confidences
que je vous ferai plus tard, aussi détaillées qu'il vous
plaira, pour vous dire que je n'ai rien mangé depuis
hier matin.

Une secousse de pitié ébranla tout le vieillard, et,
tendant brusquement les deux mains.

— Oh! mon pauvre enfant, dit-il.

Le jeune homme reçut ces grandes mains tendues,
qui enveloppèrent ses doigts, plus minces, tièdes et
fiévreux.

Puis il répondit avec cet air de blague qui ne quittait guère ses lèvres :

— Eh ben! vrai, je commence à croire que nous
nous entendrons tout de même.

Le curé se mit à marcher.

— Allons dîner, dit-il.

Il songeait soudain, avec une petite joie instinc-
tive, confuse et bizarre, au beau poisson pêché par
lui, qui joint à la poule au riz, ferait, ce jour-là, un
bon repas pour ce misérable enfant.

L'Arlésienne, inquiète et déjà grondeuse, attendait
devant la porte.

— Marguerite, cria l'abbé, enlevez la table et por-
tez-la dans la salle, bien vite, bien vite, et mettez
deux couverts, mais bien vite.

La bonne restait effarée, à la pensée que son
maître allait dîner avec ce malfaiteur.

Alors, l'abbé Vilbois se mit lui-même à desservir et
à transporter, dans l'unique pièce du rez-de-chaus-
sée, le couvert préparé pour lui.

Cinq minutes plus tard, il était assis, en face du
vagabond, devant une soupière pleine de soupe aux

choux, qui faisait monter, entre leurs visages, un petit nuage de vapeur bouillante.

à personne ou d'être simplement le fils d'un troisième larron qui ne se serait pas montré, je m'appel-
lerais aujourd'hui le vicomte Philippe-Auguste de
Pravallon, fils tardivement reconnu du comte du
même nom, sénateur. Moi, je me suis baptisé « Pas
de veine ».

— Comment savez-vous tout cela ?

— Parce qu'il y a eu des explications devant moi,
parbleu, et de rudes explications, allez. Ah ! c'est ça
qui vous apprend la vie !

Quelque chose de plus pénible et de plus tenaillant
que tout ce qu'il avait ressenti et souffert depuis une
demi-heure oppressait le prêtre. C'était en lui une
sorte d'étouffement qui commençait, qui allait gran-
dir et finirait par le tuer, et cela lui venait, non pas
tant des choses qu'il entendait, que de la façon dont
elles étaient dites et de la figure de crapule du voyou
qui les soulignait. Entre cet homme et lui, entre son
fils et lui, il commençait à sentir à présent ce
cloaque des saletés morales qui sont, pour certaines
âmes, de mortels poisons. C'était son fils cela[1] ? Il ne
pouvait encore le croire. Il voulait toutes les preuves,
toutes ; tout apprendre, tout entendre, tout écouter,
tout souffrir. Il pensa de nouveau aux oliviers qui
entouraient sa petite bastide, et il murmura pour la
seconde fois : « Oh ! mon Dieu, secourez-moi. »

Philippe-Auguste avait fini sa soupe. Il demanda :

— On ne mange donc plus, l'abbé ?

Comme la cuisine se trouvait en dehors de la maison, dans un bâtiment annexé, et que Marguerite ne
pouvait entendre la voix de son curé, il la prévenait
de ses besoins par quelques coups donnés sur un
gong chinois suspendu près du mur, derrière lui.

Il prit donc le marteau de cuir et heurta plusieurs

fois la plaque ronde de métal. Un son, faible d'abord, s'en échappa, puis grandit, s'accentua, vibrant, aigu, suraigu, déchirant, horrible plainte du cuivre frappé.

La bonne apparut. Elle avait une figure crispée et elle jetait des regards furieux sur le « maoufatan » comme si elle eût pressenti, avec son instinct de chien fidèle, le drame abattu sur son maître. En ses mains elle tenait le loup grillé d'où s'envolait une savoureuse odeur de beurre fondu. L'abbé, avec une cuiller, fendit le poisson d'un bout à l'autre, et offrant le filet du dos à l'enfant de sa jeunesse :

— C'est moi qui l'ai pris tantôt, dit-il, avec un reste de fierté qui surnageait dans sa détresse.

Marguerite ne s'en allait pas.

Le prêtre reprit :

— Apportez du vin, du bon, du vin blanc du cap Corse.

Elle eut presque un geste de révolte, et il dut répéter, en prenant un air sévère : « Allez, deux bouteilles. » Car, lorsqu'il offrait du vin à quelqu'un, plaisir rare, il s'en offrait toujours une bouteille à lui-même.

Philippe-Auguste, radieux, murmura :

— Chouette. Une bonne idée. Il y a longtemps que je n'ai mangé comme ça.

La servante revint au bout de deux minutes. L'abbé les jugea longues comme deux éternités, car un besoin de savoir lui brûlait à présent le sang, dévorant ainsi qu'un feu d'enfer.

Les bouteilles étaient débouchées, mais la bonne restait là, les yeux fixés sur l'homme.

— Laissez-nous — dit le curé.

Elle fit semblant de ne pas entendre.

Il reprit presque durement :

— Je vous ai ordonné de nous laisser seuls.

Alors elle s'en alla.

Philippe-Auguste mangeait le poisson avec une précipitation vorace ; et son père le regardait, de plus en plus surpris et désolé de tout ce qu'il découvrait de bas sur cette figure qui lui ressemblait tant. Les petits morceaux que l'abbé Vilbois portait à ses lèvres, lui demeuraient dans la bouche, sa gorge serrée refusant de les laisser passer ; et il les mâchait longtemps, cherchant, parmi toutes les questions qui lui venaient à l'esprit, celle dont il désirait le plus vite la réponse.

Il finit par murmurer :

— De quoi est-elle morte ?

— De la poitrine.

— A-t-elle été longtemps malade ?

— Dix-huit mois, à peu près.

— D'où cela lui était-il venu ?

— On ne sait pas.

Ils se turent. L'abbé songeait. Tant de choses l'oppressaient qu'il aurait voulu déjà connaître, car depuis le jour de la rupture, depuis le jour où il avait failli la tuer, il n'avait rien su d'elle. Certes, il n'avait pas non plus désiré savoir, car il l'avait jetée avec résolution dans une fosse d'oubli, elle, et ses jours de bonheur ; mais voilà qu'il sentait naître en lui tout à coup, maintenant qu'elle était morte, un ardent désir d'apprendre, un désir jaloux, presque un désir d'amant.

Il reprit :

— Elle n'était pas seule, n'est-ce pas ?

— Non, elle vivait toujours avec lui.

Le vieillard tressaillit.

— Avec lui ! Avec Pravallon ?

— Mais oui.

Et l'homme jadis trahi calcula que cette même femme qui l'avait trompé était demeurée plus de trente ans avec son rival.

Ce fut presque malgré lui qu'il balbutia :

— Furent-ils heureux ensemble ?

En ricanant, le jeune homme répondit :

— Mais oui, avec des hauts et des bas ! Ça aurait été très bien sans moi. J'ai toujours tout gâté, moi.

— Comment, et pourquoi ? dit le prêtre.

— Je vous l'ai déjà raconté. Parce qu'il a cru que j'étais son fils jusqu'à mon âge de quinze ans environ. Mais il n'était pas bête, le vieux, il a bien découvert tout seul la ressemblance, et alors il y a eu des scènes. Moi, j'écoutais aux portes. Il accusait maman de l'avoir mis dedans. Maman ripostait : « Est-ce ma faute ? Tu savais très bien, quand tu m'as prise, que j'étais la maîtresse de l'autre. » L'autre c'était vous.

— Ah ! ils parlaient donc de moi quelquefois ?

— Oui, mais ils ne vous ont jamais nommé devant moi, sauf à la fin, tout à la fin, aux derniers jours, quand maman s'est sentie perdue. Ils avaient tout de même de la méfiance.

— Et vous... vous avez appris de bonne heure que votre mère était dans une situation irrégulière ?

— Parbleu ! Je ne suis pas naïf, moi, allez, et je ne l'ai jamais été. Ça se devine tout de suite ces choses-là, dès qu'on commence à connaître le monde.

Philippe-Auguste se versait à boire coup sur coup. Ses yeux s'allumaient, son long jeûne lui donnant une griserie rapide.

Le prêtre s'en aperçut ; il faillit l'arrêter, puis la

pensée l'effleura que l'ivresse rendait imprudent et bavard, et, prenant la bouteille, il emplit de nouveau le verre du jeune homme.

Marguerite apportait la poule au riz. L'ayant posée sur la table, elle fixa de nouveau ses yeux sur le rôdeur, puis elle dit à son maître avec un air indigné :

— Mais regardez qu'il est saoul, monsieur le curé.

— Laisse-nous donc tranquilles, reprit le prêtre, et va-t'en.

Elle sortit en tapant la porte.

Il demanda :

— Qu'est-ce qu'elle disait de moi, votre mère ?

— Mais ce qu'on dit d'ordinaire d'un homme qu'on a lâché ; que vous n'étiez pas commode, embêtant pour une femme, et qui lui auriez rendu la vie très difficile avec vos idées.

— Souvent elle à dit cela ?

— Oui, quelquefois avec des subterfuges, pour que je ne comprenne point, mais je devinais tout.

— Et vous, comment vous traitait-on dans cette maison ?

— Moi ? très bien d'abord, et puis très mal ensuite. Quand maman a vu que je gâtais son affaire, elle m'a flanqué à l'eau.

— Comment ça ?

— Comment ça ! c'est bien simple. J'ai fait quelques fredaines vers seize ans ; alors ces gouapes[1]-là m'ont mis dans une maison de correction, pour se débarrasser de moi.

Il posa ses coudes sur la table, appuya ses deux joues sur ses deux mains et, tout à fait ivre, l'esprit chaviré dans le vin, il fut saisi tout à coup par une de ces irrésistibles envies de parler de soi qui font divaguer les pochards en de fantastiques vantardises.

Et il souriait gentiment, avec une grâce féminine sur les lèvres, une grâce perverse que le prêtre reconnut. Non seulement il la reconnut, mais il la sentit, haïe et caressante, cette grâce qui l'avait conquis et perdu jadis. C'était à sa mère que l'enfant, à présent, ressemblait le plus, non par les traits du visage, mais par le regard captivant et faux et surtout par la séduction du sourire menteur qui semblait ouvrir la porte de la bouche à toutes les infamies du dedans.

Philippe-Auguste raconta :

— Ah! ah! ah! J'en ai eu une vie, moi, depuis la maison de correction, une drôle de vie qu'un grand romancier payerait cher. Vrai, le père Dumas, avec son *Monte-Cristo*, n'en a pas trouvé de plus cocasses que celles qui me sont arrivées.

Il se tut, avec une gravité philosophique d'homme gris qui réfléchit, puis, lentement :

— Quand on veut qu'un garçon tourne bien, on ne devrait jamais l'envoyer dans une maison de correction, à cause des connaissances de là-dedans, quoi qu'il ait fait. J'en avais fait une bonne, moi, mais elle a mal tourné. Comme je me baladais avec trois camarades, un peu éméchés tous les quatre, un soir, vers neuf heures, sur la grand-route, auprès du gué de Folac, voilà que je rencontre une voiture où tout le monde dormait, le conducteur et sa famille; c'étaient des gens de Martinon qui revenaient de dîner à la ville. Je prends le cheval par la bride, je le fais monter dans le bac du passeur et je pousse le bac au milieu de la rivière. Ça fait du bruit, le bourgeois qui conduisait se réveille, il ne voit rien, il fouette. Le cheval part et saute dans le bouillon avec la voiture. Tous noyés! Les camarades m'ont dénoncé. Ils avaient bien ri d'abord en me voyant faire ma farce. Vrai, nous n'avions pas pensé que ça tournerait si mal. Nous espérions seulement un bain, histoire de rire.

Depuis ça, j'en ai fait de plus raides pour me venger de la première, qui ne méritait pas la correction, sur ma parole. Mais ce n'est pas la peine de les raconter. Je vais vous dire seulement la dernière, parce que celle-là elle vous plaira, j'en suis sûr. Je vous ai vengé, papa.

L'abbé regardait son fils avec des yeux terrifiés, et il ne mangeait plus rien.

Philippe-Auguste allait se remettre à parler.

— Non, dit le prêtre, pas à présent, tout à l'heure.

Se retournant, il battit et fit crier la stridente cymbale chinoise.

Marguerite entra aussitôt.

Et son maître commanda, avec une voix si rude qu'elle baissa la tête, effrayée et docile :

— Apporte-nous la lampe et tout ce que tu as encore à mettre sur la table, puis tu ne paraîtras plus tant que je n'aurai pas frappé le gong.

Elle sortit, revint et posa sur la nappe une lampe de porcelaine blanche, coiffée d'un abat-jour vert, un gros morceau de fromage, des fruits, puis s'en alla.

Et l'abbé dit résolument.

— Maintenant, je vous écoute.

Philippe-Auguste emplit avec tranquillité son assiette de dessert et son verre de vin. La seconde bouteille était presque vide, bien que le curé n'y eût point touché.

Le jeune homme reprit, bégayant, la bouche empâtée de nourriture et de saoulerie.

— La dernière, la voilà. C'en est une rude : J'étais

revenu à la maison... et j'y restais malgré eux parce qu'ils avaient peur de moi... peur de moi... Ah! faut pas qu'on m'embête, moi... je suis capable de tout quand on m'embête... Vous savez... ils vivaient ensemble et pas ensemble. Il avait deux domiciles, lui, un domicile de sénateur et un domicile d'amant. Mais il vivait chez maman plus souvent que chez lui, car il ne pouvait plus se passer d'elle. Ah!... en voilà une fine, et une forte... maman... elle savait vous tenir un homme, celle-là! Elle l'avait pris corps et âme, et elle l'a gardé jusqu'à la fin. C'est-il bête, les hommes! Donc, j'étais revenu et je les maîtrisais par la peur. Je suis débrouillard, moi, quand il faut, et pour la malice, pour la ficelle, pour la poigne aussi, je ne crains personne. Voilà que maman tombe malade et il l'installe dans une belle propriété près de Meulan, au milieu d'un parc grand comme une forêt. Ça dure dix-huit mois environ... comme je vous ai dit. Puis nous sentons approcher la fin. Il venait tous les jours de Paris, et il avait du chagrin, mais là, du vrai.

Donc, un matin, ils avaient jacassé ensemble près d'une heure, et je me demandais de quoi ils pouvaient jaboter[1] si longtemps quand on m'appelle. Et maman me dit :

— Je suis près de mourir et il y a quelque chose que je veux te révéler, malgré l'avis du comte. — Elle l'appelait toujours « le comte » en parlant de lui. — C'est le nom de ton père, qui vit encore.

Je le lui avais demandé plus de cent fois... plus de cent fois... le nom de mon père... plus de cent fois... et elle avait toujours refusé de le dire... Je crois même qu'un jour j'y ai flanqué des gifles pour la faire jaser, mais ça n'a servi de rien. Et puis, pour se débarrasser de moi, elle m'a annoncé que vous étiez mort sans le sou, que vous étiez un pas grand-chose, une erreur de sa jeunesse, une gaffe de vierge, quoi. Elle me l'a si bien raconté que j'y ai coupé, mais en plein, dans votre mort.

Donc elle me dit :

— C'est le nom de ton père.

L'autre, qui était assis dans un fauteuil, réplique comme ça, trois fois :

— Vous avez tort, vous avez tort, vous avez tort, Rosette.

Maman s'assied dans son lit. Je la vois encore avec ses pommettes rouges et ses yeux brillants, car elle m'aimait bien tout de même ; et elle lui dit :

— Alors faites quelque chose pour lui, Philippe !

En lui parlant, elle le nommait « Philippe » et moi « Auguste ».

Il se mit à crier comme un forcené :

— Pour cette crapule-là, jamais, pour ce vaurien, ce repris de justice, ce... ce... ce...

Et il en trouva des noms pour moi, comme s'il n'avait cherché que ça toute sa vie.

J'allais me fâcher, maman me fait taire, et elle lui dit :

— Vous voulez donc qu'il meure de faim, puisque je n'ai rien, moi.

Il répliqua, sans se troubler :

— Rosette, je vous ai donné trente-cinq mille francs par an, depuis trente ans, cela fait plus d'un million. Vous avez vécu par moi en femme riche, en femme aimée, j'ose dire, en femme heureuse. Je ne dois rien à ce gueux qui a gâté nos dernières années et il n'aura rien de moi. Il est inutile d'insister. Nommez-lui l'autre si vous voulez. Je le regrette, mais je m'en lave les mains.

Alors, maman se tourne vers moi. Je me disais :
« Bon... v'là que je retrouve mon vrai père... ; s'il a de
la galette, je suis un homme sauvé... »

Elle continua :

— Ton père, le baron de Vilbois, s'appelle
aujourd'hui l'abbé Vilbois, curé de Garandou, près
de Toulon. Il était mon amant quand je l'ai quitté
pour celui-ci.

Et voilà qu'elle me conte tout, sauf qu'elle vous a
mis dedans aussi au sujet de sa grossesse. Mais les
femmes, voyez-vous, ça ne dit jamais la vérité.

Il ricanait, inconscient, laissant sortir librement
toute sa fange. Il but encore, et la face toujours
hilare, continua :

— Maman mourut deux jours... deux jours plus
tard. Nous avons suivi son cercueil au cimetière, lui
et moi... est-ce drôle,... dites... lui et moi... et trois
domestiques... c'est tout. Il pleurait comme une
vache... nous étions côte à côte... on eût dit papa et le
fils à papa.

Puis nous voilà revenus à la maison. Rien que
nous deux. Moi je me disais : « Faut filer, sans un
sou. » J'avais juste cinquante francs. Qu'est-ce que je
pourrais bien trouver pour me venger.

Il me touche le bras, et me dit :

— J'ai à vous parler.

Je le suivis dans son cabinet. Il s'assit devant sa
table, puis, en barbotant dans ses larmes, il me
raconte qu'il ne veut pas être pour moi aussi
méchant qu'il le disait à maman ; il me prie de ne pas
vous embêter... — Ça... ça nous regarde, vous et
moi... — Il m'offre un billet de mille... mille... mille...
qu'est-ce que je pouvais faire avec mille francs...
moi... un homme comme moi. Je vis qu'il y en avait

d'autres dans le tiroir, un vrai tas. La vue de c'papier-là, ça me donne une envie de chouriner[1]. Je tends la main pour prendre celui qu'il m'offrait, mais au lieu de recevoir son aumône, je saute dessus, je le jette par terre, et je lui serre la gorge jusqu'à lui faire tourner de l'œil; puis, quand je vis qu'il allait passer, je le bâillonne, je le ligote, je le déshabille, je le retourne et puis... ah! ah! ah!... je vous ai drôlement vengé!...

Philippe-Auguste toussait, étranglé de joie, et toujours sur sa lèvre relevée d'un pli féroce et gai, l'abbé Vilbois retrouvait l'ancien sourire de la femme qui lui avait fait perdre la tête.

— Après? dit-il.

— Après... Ah! ah! ah!... Il y avait grand feu dans la cheminée... c'était en décembre... par le froid... qu'elle est morte... maman... grand feu de charbon... Je prends le tisonnier... je le fais rougir... et voilà... que je lui fais des croix dans le dos, huit, dix, je ne sais pas combien, puis je le retourne et je lui en fais autant sur le ventre[1]. Est-ce drôle, hein! papa. C'est ainsi qu'on marquait les forçats autrefois. Il se tortillait comme une anguille... mais je l'avais bien bâillonné, il ne pouvait pas crier. Puis, je pris les billets — douze — avec le mien ça faisait treize... ça ne m'a pas porté chance. Et je me suis sauvé en disant aux domestiques de ne pas déranger M. le comte jusqu'à l'heure du dîner parce qu'il dormait.

Je pensais bien qu'il ne dirait rien, par peur du scandale, vu qu'il est sénateur. Je me suis trompé. Quatre jours après j'étais pincé dans un restaurant de Paris. J'ai eu trois ans de prison. C'est pour ça que je n'ai pas pu venir vous trouver plus tôt.

Il but encore, et bredouillant de façon à prononcer à peine les mots.

— Maintenant... papa... papa curé!... Est-ce drôle d'avoir un curé pour papa!... Ah! ah! faut être gentil, bien gentil avec bibi, parce que bibi n'est pas ordinaire... et qu'il en a fait une bonne... pas vrai... une bonne... au vieux...

La même colère qui avait affolé jadis l'abbé Vilbois, devant la maîtresse trahissante, le soulevait à présent devant cet abominable homme.

Lui qui avait tant pardonné, au nom de Dieu, les secrets infâmes chuchotés dans le mystère des confessionnaux, il se sentait sans pitié, sans clémence en son propre nom, et il n'appelait plus maintenant à son aide ce Dieu secourable et miséricordieux, car il comprenait qu'aucune protection céleste ou terrestre ne peut sauver ici-bas ceux sur qui tombent de tels malheurs.

Toute l'ardeur de son cœur passionné et de son sang violent, éteinte par l'épiscopat, se réveillait dans une révolte irrésistible contre ce misérable qui était son fils, contre cette ressemblance avec lui, et aussi avec la mère, la mère indigne qui l'avait conçu pareil à elle, et contre la fatalité qui rivait ce gueux à son pied paternel ainsi qu'un boulet de galérien.

Il voyait, il prévoyait tout avec une lucidité subite, réveillé par ce choc de ses vingt-cinq ans de pieux sommeil et de tranquillité.

Convaincu soudain qu'il fallait parler fort pour être craint de ce malfaiteur et le terrifier du premier coup, il lui dit, les dents serrées par la fureur, et ne songeant plus à son ivresse :

— Maintenant que vous m'avez tout raconté, écoutez-moi. Vous partirez demain matin. Vous habiterez un pays que je vous indiquerai et que vous ne quitterez jamais sans mon ordre. Je vous y paye-

rai une pension qui vous suffira pour vivre, mais
petite, car je n'ai pas d'argent. Si vous désobéissez
une seule fois, ce sera fini et vous aurez affaire à
moi...

Bien qu'abruti par le vin, Philippe-Auguste
comprit la menace, et le criminel qui était en lui surgit tout à coup. Il cracha ces mots, avec des hoquets :

— Ah ! papa, faut pas me la faire... T'es curé... je te
tiens... et tu fileras doux, comme les autres !

L'abbé sursauta ; et ce fut, dans ses muscles de
vieil hercule, un invincible besoin de saisir ce
monstre, de le plier comme une baguette et de lui
montrer qu'il faudrait céder.

Il lui cria, en secouant la table et en la lui jetant
dans la poitrine.

— Ah ! prenez garde, prenez garde,... je n'ai peur
de personne, moi...

L'ivrogne, perdant l'équilibre, oscillait sur sa
chaise. Sentant qu'il allait tomber et qu'il était au
pouvoir du prêtre, il allongea sa main, avec un
regard d'assassin, vers un des couteaux qui traî-
naient sur la nappe. L'abbé Vilbois vit le geste, et il
donna à la table une telle poussée que son fils
culbuta sur le dos et s'étendit par terre. La lampe
roula et s'éteignit.

Pendant quelques secondes une fine sonnerie de
verres heurtés chanta dans l'ombre ; puis ce fut une
sorte de rampement de corps mou sur le pavé, puis
plus rien.

Avec la lampe brisée la nuit subite s'était répandue
sur eux si prompte, inattendue et profonde, qu'ils en
furent stupéfaits comme d'un événement effrayant.
L'ivrogne, blotti contre le mur, ne remuait plus ; et le
prêtre restait sur sa chaise, plongé dans ces ténèbres,

qui noyaient sa colère. Ce voile sombre jeté sur lui arrêtant son emportement, immobilisa aussi l'élan furieux de son âme; et d'autres idées lui vinrent, noires et tristes comme l'obscurité.

Le silence se fit, un silence épais de tombe fermée, où rien ne semblait plus vivre et respirer. Rien non plus ne venait du dehors, pas un roulement de voiture au loin, pas un aboiement de chien, pas même un glissement dans les branches ou sur les murs, d'un léger souffle de vent.

Cela dura longtemps, très longtemps, peut-être une heure. Puis, soudain, le gong tinta! Il tinta frappé d'un seul coup dur, sec et fort, que suivit un grand bruit bizarre de chute et de chaise renversée.

Marguerite, aux aguets, accourut; mais dès qu'elle eut ouvert la porte, elle recula épouvantée devant l'ombre impénétrable. Puis tremblante, le cœur précipité, la voix haletante et basse, elle appela :

— M'sieu l'curé, m'sieu l'curé.

Personne ne répondit, rien ne bougea.

« Mon Dieu, mon Dieu, pensa-t-elle, qu'est-ce qu'ils ont fait, qu'est-ce qu'est arrivé. »

Elle n'osait pas avancer, elle n'osait pas retourner prendre une lumière; et une envie folle de se sauver, de fuir et de hurler la saisit, bien qu'elle se sentît les jambes brisées à tomber sur place. Elle répétait :

— M'sieur le curé, m'sieur le curé, c'est moi, Marguerite.

Mais soudain, malgré sa peur, un désir instinctif de secourir son maître, et une de ces bravoures de femmes qui les rendent par moments héroïques emplirent son âme d'audace terrifiée, et, courant à sa cuisine, elle rapporta son quinquet.

Sur la porte de la salle, elle s'arrêta. Elle vit

d'abord le vagabond, étendu contre le mur, et qui dormait ou semblait dormir, puis la lampe cassée, puis, sous la table, les deux pieds noirs et les jambes aux bas noirs de l'abbé Vilbois, qui avait dû s'abattre sur le dos en heurtant le gong de sa tête.

Palpitante d'effroi, les mains tremblantes, elle répétait :

— Mon Dieu, mon Dieu, qu'est-ce que c'est ?

Et comme elle avançait à petits pas, avec lenteur, elle glissa dans quelque chose de gras et faillit tomber.

Alors, s'étant penchée, elle s'aperçut que, sur le pavé rouge, un liquide rouge aussi coulait, s'étendant autour de ses pieds et courant vite vers la porte. Elle devina que c'était du sang.

Folle, elle s'enfuit, jetant sa lumière pour ne plus rien voir, et elle se précipita dans la campagne, vers le village. Elle allait, heurtant les arbres, les yeux fixés vers les feux lointains et hurlant.

Sa voix aiguë s'envolait par la nuit comme un sinistre cri de chouette et clamait sans discontinuer : « Le maoufatan... le maoufatan... le maoufatan... »

Lorsqu'elle atteignit les premières maisons, des hommes effarés sortirent et l'entourèrent ; mais elle se débattait sans répondre, car elle avait perdu la tête.

On finit par comprendre qu'un malheur venait d'arriver dans la campagne du curé, et une troupe s'arma pour courir à son aide[1].

Au milieu du champ d'oliviers la petite bastide peinte en rose était devenue invisible et noire dans la nuit profonde et muette. Depuis que la lueur unique de sa fenêtre éclairée s'était éteinte comme un œil fermé, elle demeurait noyée dans l'ombre, perdue dans les ténèbres, introuvable pour quiconque n'était pas enfant du pays.

Bientôt des feux coururent au ras de terre, à travers les arbres, venant vers elle. Ils promenaient sur l'herbe brûlée de longues clartés jaunes, et sous leurs éclats errants les troncs tourmentés des oliviers ressemblaient parfois à des monstres, à des serpents d'enfer enlacés et tordus. Les reflets projetés au loin firent soudain surgir dans l'obscurité quelque chose de blanchâtre et de vague, puis, bientôt le mur bas et carré de la petite demeure redevint rose devant les lanternes. Quelques paysans les portaient, escortant deux gendarmes, revolver au poing, le garde champêtre, le maire et Marguerite que des hommes soutenaient, car elle défaillait.

Devant la porte demeurée ouverte, effrayante, il y eut un moment d'hésitation. Mais le brigadier saisissant un falot, entra suivi par les autres.

La servante n'avait pas menti. Le sang, figé maintenant, couvrait le pavé comme un tapis. Il avait coulé jusqu'au vagabond, baignant une de ses jambes et une de ses mains.

Le père et le fils dormaient, l'un, la gorge coupée, du sommeil éternel, l'autre du sommeil des ivrognes. Les deux gendarmes se jetèrent sur celui-ci, et avant qu'il fût réveillé il avait des chaînes aux poignets. Il frotta ses yeux, stupéfait, abruti de vin; et lorsqu'il vit le cadavre du prêtre, il eut l'air terrifié, et de ne rien comprendre.

— Comment ne s'est-il pas sauvé ? dit le maire.

— Il était trop saoul, répliqua le brigadier.

Et tout le monde fut de son avis, car l'idée ne serait venue à personne que l'abbé Vilbois, peut-être, avait pu se donner la mort.

Mouche

Souvenir d'un canotier

Il nous dit :

En ai-je vu, de drôles de choses et de drôles de filles aux jours passés où je canotais. Que de fois j'ai eu envie d'écrire un petit livre, titré « Sur la Seine », pour raconter cette vie de force et d'insouciance, de gaieté et de pauvreté, de fête robuste et tapageuse que j'ai menée de vingt à trente ans[1].

J'étais un employé sans le sou ; maintenant je suis un homme arrivé qui peut jeter des grosses sommes pour un caprice d'une seconde. J'avais au cœur mille désirs modestes et irréalisables qui me doraient l'existence de toutes les attentes imaginaires. Aujourd'hui, je ne sais pas vraiment quelle fantaisie me pourrait faire lever du fauteuil où je somnole. Comme c'était simple, et bon, et difficile de vivre ainsi, entre le bureau à Paris et la rivière à Argenteuil. Ma grande, ma seule, mon absorbante passion, pendant dix ans, ce fut la Seine. Ah ! la belle, calme, variée et puante rivière pleine de mirages et d'immondices. Je l'ai tant aimée, je crois, parce qu'elle m'a donné, me semble-t-il, le sens de la vie. Ah ! les promenades le long des berges fleuries, mes amies les grenouilles qui rêvaient, le ventre au frais, sur une feuille de nénuphar et les lis d'eau coquets et frêles, au milieu des grandes herbes fines qui m'ouvraient soudain derrière un saule, un feuillet d'album japonais quand le martin-pêcheur fuyait devant moi comme une flamme bleue! Ai-je aimé tout cela, d'un amour instinctif des yeux qui se répandait dans tout mon corps en une joie naturelle et profonde[1]!

Comme d'autres ont des souvenirs de nuits tendres, j'ai des souvenirs de levers de soleil dans les brumes matinales, flottantes, errantes vapeurs, blanches comme des mortes avant l'aurore, puis, au premier rayon glissant sur les prairies, illuminées de rose à ravir le cœur; et j'ai des souvenirs de lune argentant l'eau frémissante et courante, d'une lueur qui faisait fleurir tous les rêves.

Et tout cela, symbole de l'éternelle illusion, naissait pour moi sur de l'eau croupie qui charriait vers la mer toutes les ordures de Paris.

Puis quelle vie gaie avec les camarades. Nous étions cinq, une bande, aujourd'hui des hommes graves; et comme nous étions tous pauvres, nous avions fondé, dans une affreuse gargote d'Argenteuil, une colonie inexprimable[2] qui ne possédait qu'une chambre-dortoir où j'ai passé les plus folles soirées, certes, de mon existence. Nous n'avions souci de rien, que de nous amuser et de ramer, car l'aviron pour nous, sauf pour un, était un culte. Je me rappelle de si singulières aventures, de si invraisemblables farces, inventées par ces cinq chenapans, que personne aujourd'hui ne les pourrait croire. On ne vit plus ainsi, même sur la Seine, car la fantaisie enragée qui nous tenait en haleine est morte dans les âmes actuelles.

À nous cinq nous possédions un seul bateau, acheté à grand-peine et sur lequel nous avons ri comme nous ne rirons plus jamais. C'était une large yole un peu lourde, mais solide, spacieuse et confortable. Je ne vous ferai point le portrait de mes camarades. Il y en avait un petit, très malin, surnommé « Petit-Bleu » ; un grand, à l'air sauvage, avec des yeux gris et des cheveux noirs, surnommé « Tomahawk » ; un autre, spirituel et paresseux, surnommé « La Tôque », le seul qui ne touchât jamais une rame sous prétexte qu'il ferait chavirer le bateau ; un mince, élégant, très soigné, surnommé « N'a-qu'un-Œil » en souvenir d'un roman alors récent de Cladel[1], et parce qu'il portait un monocle ; enfin moi qu'on avait baptisé « Joseph Prunier[2] ». Nous vivions en parfaite intelligence avec le seul regret de n'avoir pas une barreuse. Une femme, c'est indispensable dans un canot. Indispensable parce que ça tient l'esprit et le cœur en éveil, parce que ça anime, ça amuse, ça distrait, ça pimente et ça fait décor avec une ombrelle rouge glissant sur les berges vertes. Mais il ne nous fallait pas une barreuse ordinaire, à nous cinq qui ne ressemblions guère à tout le monde. Il nous fallait quelque chose d'imprévu, de drôle, de prêt à tout, de presque introuvable, enfin. Nous en avions essayé beaucoup sans succès, des filles de barre, pas des barreuses, canotières imbéciles qui préféraient toujours le petit vin qui grise, à l'eau qui coule et qui porte les yoles. On les gardait un dimanche, puis on les congédiait avec dégoût.

Or, voilà qu'un samedi soir N'a-qu'un-Œil nous amena une petite créature fluette, vive, sautillante, blagueuse et pleine de drôlerie, de cette drôlerie qui tient lieu d'esprit aux titis mâles et femelles éclos sur le pavé de Paris. Elle était gentille, pas jolie, une ébauche de femme où il y avait de tout, une de ces silhouettes que les dessinateurs crayonnent en trois traits sur une nappe de café après dîner entre un verre d'eau-de-vie et une cigarette. La nature en fait quelquefois comme ça.

Le premier soir, elle nous étonna, nous amusa, et nous laissa sans opinion tant elle était inattendue. Tombée dans ce nid d'hommes prêts à toutes les folies, elle fut bien vite maîtresse de la situation, et dès le lendemain elle nous avait conquis.

Elle était d'ailleurs tout à fait toquée, née avec un verre d'absinthe dans le ventre, que sa mère avait dû boire au moment d'accoucher, et elle ne s'était jamais dégrisée depuis, car sa nourrice, disait-elle, se refaisait le sang à coups de tafia[1]; et elle-même n'appelait jamais autrement que « ma sainte famille » toutes les bouteilles alignées derrière le comptoir des marchands de vin.

Je ne sais lequel de nous la baptisa « Mouche » ni pourquoi ce nom lui fut donné, mais il lui allait bien, et lui resta. Et notre yole, qui s'appelait *Feuille-à-l'Envers*, fit flotter chaque semaine sur la Seine, entre Asnières et Maisons-Laffitte, cinq gars, joyeux et robustes, gouvernés, sous un parasol de papier peint, par une vive et écervelée personne qui nous traitait comme des esclaves chargés de la promener sur l'eau, et que nous aimions beaucoup.

Nous l'aimions tous beaucoup, pour mille raisons d'abord, pour une seule ensuite. Elle était, à l'arrière de notre embarcation, une espèce de petit moulin à paroles, jacassant au vent qui filait sur l'eau. Elle bavardait sans fin, avec le léger bruit continu de ces mécaniques ailées qui tournent dans la brise; et elle disait étourdiment les choses les plus inattendues, les plus cocasses, les plus stupéfiantes. Il y avait dans cet esprit, dont toutes les parties semblaient disparates à la façon de loques de toute nature et de toute couleur, non pas cousues ensemble, mais seulement faufilées, de la fantaisie comme dans un conte de fées, de la gauloiserie, de l'impudeur, de l'impudence, de l'imprévu, du comique, et de l'air, de l'air et du paysage comme dans un voyage en ballon[1].

On lui posait des questions pour provoquer des réponses trouvées on ne sait où. Celle dont on la harcelait le plus souvent était celle-ci :

— Pourquoi t'appelle-t-on Mouche ?

Elle découvrait des raisons tellement invraisemblables que nous cessions de nager pour en rire.

Elle nous plaisait aussi, comme femme ; et La Tôque, qui ne ramait jamais et qui demeurait tout le long des jours assis à côté d'elle au fauteuil de barre, répondit une fois à la demande ordinaire :

— Pourquoi t'appelle-t-on Mouche ?

— Parce que c'est une petite cantharide[2] ?

Oui, une petite cantharide bourdonnante et enfiévrante, non pas la classique cantharide empoisonneuse, brillante et mantelée, mais une petite cantharide aux ailes rousses qui commençait à troubler étrangement l'équipage entier de la *Feuille-à-l'Envers*.

Que de plaisanteries stupides, encore, sur cette feuille où s'était arrêtée cette Mouche.

N'a-qu'un-Œil, depuis l'arrivée de Mouche dans le bateau, avait pris au milieu de nous un rôle prépondérant, supérieur, le rôle d'un monsieur qui a une femme à côté de quatre autres qui n'en ont pas. Il abusait de ce privilège au point de nous exaspérer parfois en embrassant Mouche devant nous, en l'asseyant sur ses genoux à la fin des repas et par beaucoup d'autres prérogatives humiliantes autant qu'irritantes.

On les avait isolés dans le dortoir par un rideau.

Mais je m'aperçus bientôt que mes compagnons et moi devions faire au fond de nos cerveaux de solitaires le même raisonnement : « Pourquoi, en vertu de quelle loi d'exception, de quel principe inacceptable, Mouche, qui ne paraissait gênée par aucun préjugé, serait-elle fidèle à son amant, alors que les femmes du meilleur monde ne le sont pas à leurs maris. »

Notre réflexion était juste. Nous en fûmes bientôt convaincus. Nous aurions dû seulement la faire plus tôt pour n'avoir pas à regretter le temps perdu. Mouche trompa N'a-qu'un-Œil avec tous les autres matelots de la *Feuille-à-l'Envers*.

Elle le trompa sans difficulté, sans résistance, à la première prière de chacun de nous.

Mon Dieu, les gens pudiques vont s'indigner beaucoup ! Pourquoi ? Quelle est la courtisane en vogue qui n'a pas une douzaine d'amants, et quel est celui de ces amants assez bête pour l'ignorer ? La mode n'est-elle pas d'avoir un soir chez une femme célèbre et cotée, comme on a un soir à l'Opéra, au Français ou à l'Odéon, depuis qu'on y joue les demi-classiques. On se met à dix pour entretenir une cocotte qui fait de son temps une distribution difficile, comme on se met à dix pour posséder un cheval de course que monte seulement un jockey, véritable image de l'amant de cœur.

On laissait par délicatesse Mouche à N'a-qu'un-

Œil, du samedi soir au lundi matin. Les jours de navigation étaient à lui. Nous ne le trompions qu'en semaine, à Paris, loin de la Seine, ce qui, pour des canotiers comme nous, n'était presque plus tromper.

La situation avait ceci de particulier, que les quatre maraudeurs des faveurs de Mouche n'ignoraient point ce partage, qu'ils en parlaient entre eux, et même avec elle, par allusions voilées qui la faisaient beaucoup rire. Seul, N'a-qu'un-Œil semblait tout ignorer, et cette position spéciale faisait naître une gêne entre lui et nous, paraissait le mettre à l'écart, l'isoler, élever une barrière à travers notre ancienne confiance et notre ancienne intimité. Cela lui donnait pour nous un rôle difficile, un peu ridicule, un rôle d'amant trompé, presque de mari.

Comme il était fort intelligent, doué d'un esprit spécial de pince-sans-rire, nous nous demandions quelquefois, avec une certaine inquiétude, s'il ne se doutait de rien.

Il eut soin de nous renseigner, d'une façon pénible pour nous. On allait déjeuner à Bougival, et nous ramions avec vigueur, quand La Tôque qui avait, ce matin-là, une allure triomphante d'homme satisfait et qui, assis côte à côte avec la barreuse, semblait se serrer contre elle un peu trop librement à notre avis, arrêta la nage en criant : « Stop ! »

Les huit avirons sortirent de l'eau.

Alors, se tournant vers sa voisine, il demanda :

— Pourquoi t'appelle-t-on Mouche ?

Avant qu'elle eût pu répondre, la voix de N'a-qu'un-Œil, assis à l'avant, articula d'un ton sec :

— Parce qu'elle se pose sur toutes les charognes.

Il y eut d'abord un grand silence, une gêne, que suivit une envie de rire. Mouche elle-même demeurait interdite.

Alors, La Tôque commanda :

— Avant partout.

Le bateau se remit en route.

L'incident était clos, la lumière faite.

Cette petite aventure ne changea rien à nos habitudes. Elle rétablit seulement la cordialité entre N'a-qu'un-Œil et nous. Il redevint le propriétaire honoré de Mouche, du samedi soir au lundi matin, sa supériorité sur nous tous ayant été bien établie par cette définition, qui clôtura d'ailleurs l'ère des questions sur le mot « Mouche ». Nous nous contentâmes à l'avenir du rôle secondaire d'amis reconnaissants et attentionnés qui profitaient discrètement des jours de la semaine sans contestation d'aucune sorte entre nous.

Cela marcha très bien pendant trois mois environ. Mais voilà que tout à coup Mouche prit, vis-à-vis de nous tous, des attitudes bizarres. Elle était moins gaie, nerveuse, inquiète, presque irritable. On lui demandait sans cesse :

— Qu'est-ce que tu as ?

Elle répondait :

— Rien. Laisse-moi tranquille.

La révélation nous fut faite par N'a-qu'un-Œil, un samedi soir. Nous venions de nous mettre à table dans la petite salle à manger que notre gargotier Barbichon nous réservait dans sa guinguette, et, le potage fini, on attendait la friture quand notre ami, qui paraissait aussi soucieux, prit d'abord la main de Mouche et ensuite parla :

— Mes chers camarades, dit-il, j'ai une communication des plus graves à vous faire et qui va peut-être amener de longues discussions. Nous aurons le temps d'ailleurs de raisonner entre les plats.

Cette pauvre Mouche m'a annoncé une désastreuse nouvelle dont elle m'a chargé en même temps de vous faire part.

Elle est enceinte.

Je n'ajoute que deux mots :

Ce n'est pas le moment de l'abandonner et la recherche de la paternité est interdite.

Il y eut d'abord de la stupeur, la sensation d'un désastre, et nous nous regardions les uns les autres avec l'envie d'accuser quelqu'un. Mais lequel ? Ah ! lequel ? Jamais je n'avais senti comme en ce moment la perfidie de cette cruelle farce de la nature qui ne permet jamais à un homme de savoir d'une façon certaine s'il est le père de son enfant.

Puis peu à peu une espèce de consolation nous vint et nous réconforta, née au contraire d'un sentiment confus de solidarité.

Tomahawk, qui ne parlait guère, formula ce début de rassérénement par ces mots :

— Ma foi, tant pis, l'union fait la force.

Les goujons entraient apportés par un marmiton. On ne se jetait pas dessus, comme toujours, car on avait tout de même l'esprit troublé.

N'a-qu'un-Œil reprit :

— Elle a eu, en cette circonstance, la délicatesse de me faire des aveux complets. Mes amis, nous sommes tous également coupables. Donnons-nous la main et adoptons l'enfant.

La décision fut prise à l'unanimité. On leva les bras vers le plat de poissons frits et on jura.

— Nous l'adoptons.

Alors, sauvée tout d'un coup, délivrée du poids horrible d'inquiétude qui torturait depuis un mois cette gentille et détraquée pauvresse de l'amour, Mouche s'écria :

— Oh! mes amis! mes amis! Vous êtes de braves cœurs... de braves cœurs... de braves cœurs... Merci tous! Et elle pleura, pour la première fois, devant nous.

Désormais on parla de l'enfant dans le bateau comme s'il était né déjà, et chacun de nous s'intéressait, avec une sollicitude de participation exagérée, au développement lent et régulier de la taille de notre barreuse.

On cessait de ramer pour demander :

— Mouche?

Elle répondait :

— Présente.

— Garçon ou fille?

— Garçon.

— Que deviendra-t-il?

Alors elle donnait essor à son imagination de la façon la plus fantastique. C'étaient des récits interminables, des inventions stupéfiantes, depuis le jour de la naissance jusqu'au triomphe définitif. Il fut tout, cet enfant, dans le rêve naïf, passionné et attendrissant de cette extraordinaire petite créature, qui vivait maintenant, chaste entre nous cinq, qu'elle appelait ses « cinq papas ». Elle le vit et le raconta marin, découvrant un nouveau monde plus grand que l'Amérique, général rendant à la France l'Alsace et la Lorraine, puis empereur et fondant une dynastie de souverains généreux et sages qui donnaient à notre patrie le bonheur définitif, puis savant dévoilant d'abord le secret de la fabrication de l'or, ensuite celui de la vie éternelle, puis aéronaute inventant le moyen d'aller visiter les astres et faisant du ciel infini une immense promenade pour les hommes, réalisation de tous les songes les plus imprévus, et les plus magnifiques.

Dieu, fut-elle gentille et amusante, la pauvre petite, jusqu'à la fin de l'été !

Ce fut le vingt septembre que creva son rêve. Nous revenions de déjeuner à Maisons-Laffitte et nous passions devant Saint-Germain, quand elle eut soif et nous demanda de nous arrêter au Pecq.

Depuis quelque temps elle devenait lourde, et cela l'ennuyait beaucoup. Elle ne pouvait plus gambader comme autrefois, ni bondir du bateau sur la berge, ainsi qu'elle avait coutume de le faire. Elle essayait encore, malgré nos cris et nos efforts, et vingt fois, sans nos bras tendus pour la saisir, elle serait tombée.

Ce jour-là, elle eut l'imprudence de vouloir débarquer avant que le bateau fût arrêté, par une de ces bravades où se tuent parfois les athlètes malades ou fatigués.

Juste au moment où nous allions accoster, sans qu'on pût prévoir ou prévenir son mouvement, elle se dressa, prit son élan et essaya de sauter sur le quai.

Trop faible, elle ne toucha que du bout du pied le bord de la pierre, glissa, heurta de tout son ventre l'angle aigu, poussa un grand cri et disparut dans l'eau.

Nous plongeâmes tous les cinq en même temps pour ramener un pauvre être défaillant, pâle comme une morte et qui souffrait déjà d'atroces douleurs.

Il fallut la porter bien vite dans l'auberge la plus voisine, où un médecin fut appelé.

Pendant dix heures que dura la fausse couche elle supporta avec un courage d'héroïne d'abominables tortures. Nous nous désolions autour d'elle, enfiévrés d'angoisse et de peur.

Puis on la délivra d'un enfant mort, et pendant quelques jours encore nous eûmes pour sa vie les plus grandes craintes.

Le docteur, enfin, nous dit un matin : « Je crois qu'elle est sauvée. Elle est en acier, cette fille. » Et nous entrâmes ensemble dans sa chambre, le cœur radieux.

N'a-qu'un-Œil, parlant pour tous, lui dit :

— Plus de danger, petite Mouche, nous sommes bien contents.

Alors, pour la seconde fois, elle pleura devant nous, et, les yeux sous une glace de larmes, elle balbutia :

— Oh! si vous saviez, si vous saviez... quel chagrin... quel chagrin... je ne me consolerai jamais.

— De quoi donc, petite Mouche ?

— De l'avoir tué, car je l'ai tué! oh! sans le vouloir! quel chagrin!...

Elle sanglotait. Nous l'entourions, émus, ne sachant quoi lui dire.

Elle reprit :

— Vous l'avez vu, vous ?

Nous répondîmes, d'une seule voix :

— Oui.

— C'était un garçon, n'est-ce pas ?

— Oui.

— Beau, n'est-ce pas ?

On hésita beaucoup. Petit-Bleu, le moins scrupuleux, se décida à affirmer :

— Très beau.

Il eut tort, car elle se mit à gémir, presque à hurler de désespoir.

Alors, N'a-qu'un-Œil, qui l'aimait peut-être le plus, eut pour la calmer une invention géniale, et baisant ses yeux ternis par les pleurs.

— Console-toi, petite Mouche, console-toi, nous t'en ferons un autre.

Le sens comique qu'elle avait dans les moelles se réveilla tout à coup, et à moitié convaincue, à moitié gouailleuse, toute larmoyante encore et le cœur crispé de peine, elle demanda, en nous regardant tous :

— Bien vrai ?

Et nous répondîmes ensemble :

— Bien vrai.

Le Noyé

I

Tout le monde, dans Fécamp, connaissait l'histoire de la mère Patin. Certes, elle n'avait pas été heureuse avec son homme, la mère Patin; car son homme la battait de son vivant, comme on bat le blé dans les granges.

Il était patron d'une barque de pêche, et l'avait épousée, jadis, parce qu'elle était gentille, quoiqu'elle fût pauvre.

Patin, bon matelot, mais brutal, fréquentait le cabaret du père Auban, où il buvait, aux jours ordinaires, quatre ou cinq petits verres de fil[1] et, aux jours de chance à la mer, huit ou dix, et même plus, suivant sa gaieté de cœur, disait-il.

Le fil était servi aux clients par la fille au père Auban, une brune plaisante à voir et qui attirait le monde à la maison par sa bonne mine seulement, car on n'avait jamais jasé sur elle.

Patin, quand il entrait au cabaret, était content de la regarder et lui tenait des propos de politesse, des propos tranquilles d'honnête garçon. Quand il avait bu le premier verre de fil, il la trouvait déjà plus gentille; au second, il clignait de l'œil; au troisième, il disait : « Si vous vouliez, mam'zelle Désirée... » sans jamais finir sa phrase; au quatrième, il essayait de la retenir par sa jupe pour l'embrasser; et, quand il allait jusqu'à dix, c'était le père Auban qui servait les autres.

Le vieux chand de vin, qui connaissait tous les trucs, faisait circuler Désirée entre les tables, pour activer la consommation; et Désirée, qui n'était pas pour rien la fille au père Auban, promenait sa jupe autour des buveurs, et plaisantait avec eux, la bouche rieuse et l'œil malin.

À force de boire des verres de fil, Patin s'habitua si bien à la figure de Désirée qu'il y pensait même à la mer, quand il jetait ses filets à l'eau, au grand large, par les nuits de vent ou les nuits de calme, par les nuits de lune ou les nuits de ténèbres. Il y pensait en tenant sa barre, à l'arrière de son bateau, tandis que ses quatre compagnons sommeillaient, la tête sur leur bras. Il la voyait toujours lui sourire, verser l'eau-de-vie jaune avec un mouvement de l'épaule, et puis s'en aller en disant:

— Voilà! Êtes-vous satisfait?

Et, à force de la garder ainsi dans son œil et dans son esprit, il fut pris d'une telle envie de l'épouser, que, n'y pouvant plus tenir, il la demanda en mariage.

Il était riche, propriétaire de son embarcation, de ses filets et d'une maison au pied de la côte sur la Retenue; tandis que le père Auban n'avait rien. Il fut donc agréé avec empressement, et la noce eut lieu le plus vite possible, les deux parties ayant hâte que la chose fût faite, pour des raisons différentes.

Mais, trois jours après le mariage conclu, Patin ne comprenait plus du tout comment il avait pu croire Désirée différente des autres femmes. Vrai, fallait-il

qu'il eût été bête pour s'embarrasser d'une sans-le-
sou qui l'avait enjôlé avec sa fine, pour sûr, de la fine
où elle avait mis, pour lui, quelque sale drogue.

Et il jurait tout le long des marées, cassait sa pipe
entre ses dents, bourrait son équipage ; et, ayant
sacré[1] à pleine bouche avec tous les termes usités et
contre tout ce qu'il connaissait, il expectorait ce qui
lui restait de colère au ventre sur les poissons et les
homards tirés un à un des filets, et ne les jetait plus
dans les mannes[2] qu'en les accompagnant d'injures
et de termes malpropres.

Puis, rentré chez lui, ayant à portée de la bouche
et de la main sa femme, la fille au père Auban, il ne
tarda guère à la traiter comme la dernière des dernières. Puis, comme elle l'écoutait résignée, accoutumée aux violences paternelles, il s'exaspéra de son
calme, et, un soir, il cogna. Ce fut alors, chez lui, une
vie terrible.

Pendant dix ans on ne parla sur la Retenue que
des tripotées que Patin flanquait à sa femme et que
de sa manière de jurer, à tout propos, en lui parlant.
Il jurait, en effet, d'une façon particulière, avec une
richesse de vocabulaire et une sonorité d'organe
qu'aucun autre homme, dans Fécamp, ne possédait.
Dès que son bateau se présentait à l'entrée du port,
en revenant de la pêche, on attendait la première
bordée qu'il allait lancer, de son pont sur la jetée, dès
qu'il aurait aperçu le bonnet blanc de sa compagne.

Debout, à l'arrière, il manœuvrait, l'œil sur l'avant
et sur la voile, aux jours de grosse mer, et malgré la
préoccupation du passage étroit et difficile, malgré
les vagues de fond qui entraient comme des mon-
tagnes dans l'étroit couloir, il cherchait, au milieu
des femmes attendant les marins, sous l'écume des

lames, à reconnaître la sienne, la fille au père Auban, la gueuse !

Alors, dès qu'il l'avait vue, malgré le bruit des flots et du vent, il lui jetait une engueulade avec une telle force de gosier, que tout le monde en riait, bien qu'on la plaignît fort. Puis, quand le bateau arrivait à quai, il avait une manière de décharger son lest de politesse, comme il disait, tout en débarquant son poisson, qui attirait autour de ses amarres tous les polissons et tous les désœuvrés du port.

Cela lui sortait de la bouche, tantôt comme des coups de canon, terribles et courts, tantôt comme des coups de tonnerre qui roulaient durant cinq minutes un tel ouragan de gros mots, qu'il semblait avoir dans les poumons tous les orages du Père Éternel.

Puis, quand il avait quitté son bord et qu'il se trouvait face à face avec elle au milieu des curieux et des harengères, il repêchait à fond de cale toute une cargaison nouvelle d'injures et de duretés, et il la reconduisait ainsi jusqu'à leur logis, elle devant, lui derrière, elle pleurant, lui criant.

Alors, seul avec elle, les portes fermées, il tapait sous le moindre prétexte. Tout lui suffisait pour lever la main et, dès qu'il avait commencé, il ne s'arrêtait plus, en lui crachant alors au visage les vrais motifs de sa haine. À chaque gifle, à chaque horion il vociférait : « Ah ! sans-le-sou, ah ! va-nu-pieds, ah ! crève-la-faim, j'en ai fait un joli coup le jour où je me suis rincé la bouche avec le tord-boyaux de ton filou de père ! »

Elle vivait, maintenant, la pauvre femme, dans une épouvante incessante, dans un tremblement continu de l'âme et du corps, dans une attente éperdue des outrages et des rossées.

Et cela dura dix ans. Elle était si craintive qu'elle pâlissait en parlant à n'importe qui, et qu'elle ne pensait plus à rien qu'aux coups dont elle était menacée, et qu'elle était devenue plus maigre, jaune et sèche qu'un poisson fumé.

II

Une nuit, son homme étant à la mer, elle fut réveillée tout à coup par ce grognement de bête que fait le vent quand il arrive ainsi qu'un chien lâché! Elle s'assit dans son lit, émue, puis, n'entendant plus rien, se recoucha; mais, presque aussitôt, ce fut dans sa cheminée un mugissement qui secouait la maison tout entière, et cela s'étendit par tout le ciel comme si un troupeau d'animaux furieux eût traversé l'espace en soufflant et en beuglant.

Alors elle se leva et courut au port. D'autres femmes y arrivaient de tous les côtés avec des lanternes. Les hommes accouraient et tous regardaient s'allumer dans la nuit, sur la mer, les écumes au sommet des vagues.

La tempête dura quinze heures. Onze matelots ne revinrent pas, et Patin fut de ceux-là.

On retrouva, du côté de Dieppe, des débris de la *Jeune-Amélie*, sa barque. On ramassa, vers Saint-Valéry, les corps de ses matelots, mais on ne découvrit jamais le sien. Comme la coque de l'embarcation semblait avoir été coupée en deux, sa femme, pendant longtemps, attendit et redouta son retour; car, si un abordage avait eu lieu, il se pouvait faire que le bâtiment abordeur l'eût recueilli, lui seul, et emmené au loin.

Puis, peu à peu, elle s'habitua à la pensée qu'elle était veuve, tout en tressaillant chaque fois qu'une voisine, qu'un pauvre ou qu'un marchand ambulant entrait brusquement chez elle.

Or, un après-midi, quatre ans environ après la disparition de son homme, elle s'arrêta, en suivant la rue aux Juifs, devant la maison d'un vieux capitaine, mort récemment, et dont on vendait les meubles.

Juste en ce moment, on adjugeait un perroquet, un perroquet vert à tête bleue, qui regardait tout ce monde d'un air mécontent et inquiet.

— Trois francs! criait le vendeur; un oiseau qui parle comme un avocat, trois francs!

Une amie de la Patin lui poussa le coude:

— Vous devriez acheter ça, vous qu'êtes riche, dit-elle. Ça vous tiendrait compagnie; il vaut plus de trente francs, c't oiseau-là. Vous le revendrez toujours ben vingt à vingt-cinq!

— Quatre francs! mesdames, quatre francs! répétait l'homme. Il chante vêpres et prêche comme M. le curé. C'est un phénomène... un miracle!

La Patin ajouta cinquante centimes, et on lui remit, dans une petite cage, la bête au nez crochu, qu'elle emporta.

Puis elle l'installa chez elle et, comme elle ouvrait la porte de fil de fer pour offrir à boire à l'animal, elle reçut, sur le doigt, un coup de bec qui coupa la peau et fit venir le sang.

— Ah! qu'il est mauvais, dit-elle.

Elle lui présenta cependant du chènevis et du maïs, puis le laissa lisser ses plumes en guettant d'un air sournois sa nouvelle maison et sa nouvelle maîtresse.

Le jour commençait à poindre, le lendemain, quand la Patin entendit, de la façon la plus nette, une voix, une voix forte, sonore, roulante, la voix de Patin, qui criait :

— Te lèveras-tu, charogne !

Son épouvante fut telle qu'elle se cacha la tête sous ses draps, car, chaque matin, jadis, dès qu'il avait ouvert les yeux, son défunt les lui hurlait dans l'oreille, ces quatre mots qu'elle connaissait bien.

Tremblante, roulée en boule, le dos tendu à la rossée qu'elle attendait déjà, elle murmurait, la figure cachée dans la couche :

— Dieu Seigneur, le v'là ! Dieu Seigneur, le v'là ! Il est r'venu, Dieu Seigneur !

Les minutes passaient ; aucun bruit ne troublait plus le silence de la chambre. Alors, en frémissant, elle sortit sa tête du lit, sûre qu'il était là, guettant, prêt à battre.

Elle ne vit rien, rien qu'un trait de soleil passant par la vitre et elle pensa :

— Il est caché, pour sûr.

Elle attendit longtemps, puis, un peu rassurée, songea :

— Faut croire que j'ai rêvé, p'isqu'il n'se montre point.

Elle refermait les yeux, un peu rassurée, quand éclata, tout près, la voix furieuse, la voix de tonnerre du noyé qui vociférait :

— Nom d'un nom, d'un nom, d'un nom, d'un nom, te lèveras-tu, ch...

Elle bondit hors du lit, soulevée par l'obéissance, par sa passive obéissance de femme rouée de coups, qui se souvient encore, après quatre ans, et qui se souviendra toujours, et qui obéira toujours à cette voix-là ! Et elle dit :

— Me v'là, Patin ; qué que tu veux ?

Mais Patin ne répondit pas.

Alors, éperdue, elle regarda autour d'elle, puis elle chercha partout, dans les armoires, dans la cheminée, sous le lit, sans trouver personne, et elle se laissa choir enfin sur une chaise, affolée d'angoisse, convaincue que l'âme de Patin, seule, était là, près d'elle, revenue pour la torturer.

Soudain, elle se rappela le grenier, où on pouvait monter du dehors par une échelle. Assurément, il s'était caché là pour la surprendre. Il avait dû, gardé par des sauvages sur quelque côte, ne pouvoir s'échapper plus tôt, et il était revenu, plus méchant que jamais. Elle n'en pouvait douter, rien qu'au timbre de sa voix.

Elle demanda, la tête levée vers le plafond :

— T'es-ti là-haut, Patin ?

Patin ne répondit pas.

Alors elle sortit et, avec une peur affreuse qui lui secouait le cœur, elle monta l'échelle, ouvrit la lucarne, regarda, ne vit rien, entra, chercha et ne trouva pas.

Assise sur une botte de paille, elle se mit à pleurer ; mais, pendant qu'elle sanglotait, traversée d'une terreur poignante et surnaturelle, elle entendit, dans sa chambre, au-dessous d'elle, Patin qui racontait des choses. Il semblait moins en colère, plus tranquille, et il disait :

— Sale temps ! — Gros vent ! — Sale temps ! — J'ai pas déjeuné, nom d'un nom !

Elle cria à travers le plafond :

— Me v'là, Patin ; j'vas te faire la soupe. Te fâche pas, j'arrive.

Et elle redescendit en courant.

Il n'y avait personne chez elle.

Elle se sentit défaillir comme si la Mort la touchait, et elle allait se sauver pour demander secours aux voisins, quand la voix, tout près de son oreille, cria :

— J'ai pas déjeuné, nom d'un nom !

Et le perroquet, dans sa cage, la regardait de son œil rond, sournois et mauvais.

Elle aussi, le regarda, éperdue, murmurant :

— Ah ! c'est toi !

Il reprit, en remuant sa tête :

— Attends, attends, attends, je vas t'apprendre à fainéanter !

Que se passa-t-il en elle ? Elle sentit, elle comprit que c'était bien lui, le mort, qui revenait, qui s'était caché dans les plumes de cette bête pour recommencer à la tourmenter, qu'il allait jurer, comme autrefois, tout le jour, et la mordre, et crier des injures pour ameuter les voisins et les faire rire. Alors elle se rua, ouvrit la cage, saisit l'oiseau qui, se défendant, lui arrachait la peau avec son bec et avec ses griffes. Mais elle le tenait de toute sa force, à deux mains, et, se jetant par terre, elle se roula dessus avec une frénésie de possédée, l'écrasa, en fit une loque de chair, une petite chose molle, verte, qui ne remuait plus, qui ne parlait plus, et qui pendait ; puis, l'ayant enveloppée d'un torchon comme d'un linceul, elle sortit, en chemise, nu-pieds, traversa le quai, que la mer battait de courtes vagues, et, secouant le linge, elle laissa tomber dans l'eau cette petite chose morte qui ressemblait à un peu d'herbe ; puis elle rentra, se jeta à genoux devant la cage vide[1], et, bouleversée de ce qu'elle avait fait, demanda pardon au bon Dieu, en sanglotant, comme si elle venait de commettre un horrible crime.

L'Épreuve

I

Un bon ménage, le ménage Bondel, bien qu'un peu guerroyant. On se querellait souvent, pour des causes futiles, puis on se réconciliait.

Ancien commerçant retiré des affaires après avoir amassé de quoi vivre selon ses goûts simples, Bondel avait loué à Saint-Germain un petit pavillon et s'était gîté là, avec sa femme.

C'était un homme calme, dont les idées, bien assises, se levaient difficilement. Il avait de l'instruction, lisait des journaux graves et appréciait cependant l'esprit gaulois. Doué de raison, de logique, de ce bon sens pratique qui est la qualité maîtresse de l'industrieux bourgeois français, il pensait peu, mais sûrement, et ne se décidait aux résolutions qu'après des considérations que son instinct lui révélait infaillibles.

C'était un homme de taille moyenne, grisonnant, à la physionomie distinguée.

Sa femme, pleine de qualités sérieuses, avait aussi quelques défauts. D'un caractère emporté, d'une franchise d'allures qui touchait à la violence, et d'un entêtement invincible, elle gardait contre les gens des rancunes inapaisables. Jolie autrefois, puis devenue trop grosse, trop rouge, elle passait encore, dans leur quartier, à Saint-Germain, pour une très belle femme, qui représentait la santé avec un air pas commode.

Leurs dissentiments, presque toujours, commençaient au déjeuner, au cours de quelque discussion sans importance, puis jusqu'au soir, souvent jusqu'au lendemain, ils demeuraient fâchés. Leur vie si simple, si bornée, donnait de la gravité à leurs préoccupations les plus légères, et tout sujet de conversation devenait un sujet de dispute. Il n'en était pas ainsi jadis, lorsqu'ils avaient des affaires qui les occupaient, qui mariaient leurs soucis, serraient leurs cœurs, les enfermant et les retenant pris ensemble dans le filet de l'association et de l'intérêt commun.

Mais à Saint-Germain on voyait moins de monde. Il avait fallu refaire des connaissances, se créer, au milieu d'étrangers, une existence nouvelle toute vide d'occupations. Alors, la monotonie des heures pareilles les avait un peu aigris l'un et l'autre; et le bonheur tranquille, espéré, attendu avec l'aisance, n'apparaissait pas.

Ils venaient de se mettre à table, par un matin du mois de juin, quand Bondel demanda :

— Est-ce que tu connais les gens qui demeurent dans ce petit pavillon rouge au bout de la rue du Berceau ?

Mme Bondel devait être mal levée. Elle répondit :

— Oui et non, je les connais, mais je ne tiens pas à les connaître.

— Pourquoi donc ? Ils ont l'air très gentils.

— Parce que...

— J'ai rencontré le mari ce matin sur la terrasse[1] et nous avons fait deux tours ensemble.

Comprenant qu'il y avait du danger dans l'air, Bondel ajouta :

— C'est lui qui m'a abordé et parlé le premier.

La femme le regardait avec mécontentement. Elle reprit :

— Tu aurais aussi bien fait de l'éviter.

— Mais pourquoi donc ?

— Parce qu'il y a des potins sur eux.

— Quels potins ?

— Quels potins ! Mon Dieu, des potins comme on en fait souvent.

M. Bondel eut le tort d'être un peu vif.

— Ma chère amie, tu sais que j'ai horreur des potins. Il me suffit qu'on en fasse pour me rendre les gens sympathiques. Quant à ces personnes, je les trouve fort bien, moi.

Elle demanda, rageuse :

— La femme aussi, peut-être ?

— Mon Dieu oui, la femme aussi, quoique je l'aie à peine aperçue.

Et la discussion continua, s'envenimant lentement, acharnée sur le même sujet, par pénurie d'autres motifs.

Mme Bondel s'obstinait à ne pas dire quels potins couraient sur ces voisins, laissant entendre de vilaines choses, sans préciser. Bondel haussait les épaules, ricanait, exaspérait sa femme. Elle finit par crier :

— Eh bien ! ce monsieur est cornard, voilà !

Le mari répondit sans s'émouvoir :

— Je ne vois pas en quoi cela atteint l'honorabilité d'un homme ?

Elle parut stupéfaite.

— Comment, tu ne vois pas?... tu ne vois pas?... elle est trop forte, en vérité... tu ne vois pas? Mais c'est un scandale public; il est taré à force d'être cornard!

Il répondit :

— Ah! mais non! Un homme serait taré parce qu'on le trompe, taré parce qu'on le trahit, taré parce qu'on le vole?... Ah! mais non. Je te l'accorde pour la femme, mais pas pour lui.

Elle devenait furieuse.

— Pour lui comme pour elle. Ils sont tarés, c'est une honte publique.

Bondel, très calme, demanda :

— D'abord, est-ce vrai? Qui peut affirmer une chose pareille tant qu'il n'y a pas flagrant délit.

Mme Bondel s'agitait sur son siège.

— Comment? qui peut affirmer? mais tout le monde! tout le monde! ça se voit comme les yeux dans le visage, une chose pareille. Tout le monde le sait, tout le monde le dit. Il n'y a pas à douter. C'est notoire comme une grande fête.

Il ricanait.

— On a cru longtemps aussi que le soleil tournait autour de la terre et mille autres choses non moins notoires, qui étaient fausses. Cet homme adore sa femme; il en parle avec tendresse, avec vénération. Ça n'est pas vrai.

Elle balbutia, trépignant :

— Avec ça qu'il le sait, cet imbécile, ce crétin, ce taré!

Bondel ne se fâchait pas; il raisonnait.

— Pardon. Ce monsieur n'est pas bête. Il m'a paru au contraire fort intelligent et très fin; et tu ne me feras pas croire qu'un homme d'esprit ne s'aperçoive pas d'une chose pareille dans sa maison, quand les voisins, qui n'y sont pas, dans sa maison, n'ignorent aucun détail de cet adultère, car ils n'ignorent aucun détail, assurément.

Mme Bondel eut un accès de gaieté rageuse qui irrita les nerfs de son mari.

— Ah! ah! ah! tous les mêmes, tous, tous! Avec ça qu'il y en a un seul au monde qui découvre cela, à moins qu'on ne lui mette le nez dessus.

La discussion déviait. Elle partit à fond de train sur l'aveuglement des époux trompés dont il doutait et qu'elle affirmait avec des airs de mépris si personnels qu'il finit par se fâcher.

Alors, ce fut une querelle pleine d'emportement, où elle prit le parti des femmes, où il prit la défense des hommes.

Il eut la fatuité de déclarer :

— Eh bien moi, je te jure que si j'avais été trompé, je m'en serais aperçu, et tout de suite encore. Et je t'aurais fait passer ce goût-là, d'une telle façon, qu'il aurait fallu plus d'un médecin pour te remettre sur pied.

Elle fut soulevée de colère et lui cria dans la figure :

— Toi? toi! Mais tu es aussi bête que les autres, entends-tu!

Il affirma de nouveau :

— Je te jure bien que non.

Elle lâcha un rire d'une telle impertinence qu'il sentit un battement de cœur et un frisson sur sa peau.

Pour la troisième fois il dit :

— Moi, je l'aurais vu.

II

Bondel resta seul, très mal à l'aise. Ce rire insolent, provocateur, l'avait touché comme un de ces aiguillons de mouche venimeuse dont on ne sent pas la première atteinte, mais dont la brûlure s'éveille bientôt et devient intolérable.

Il sortit, marcha, rêvassa. La solitude de sa vie nouvelle le poussait à penser tristement, à voir sombre. Le voisin qu'il avait rencontré le matin se trouva tout à coup devant lui. Ils se serrèrent la main et se mirent à causer. Après avoir touché divers sujets, ils en vinrent à parler de leurs femmes. L'un et l'autre semblaient avoir quelque chose à confier, quelque chose d'inexprimable, de vague, de pénible sur la nature même de cet être associé à leur vie : une femme.

Le voisin disait :

— Vrai, on croirait qu'elles ont parfois contre leur mari une sorte d'hostilité particulière, par cela seul qu'il est leur mari. Moi, j'aime ma femme. Je l'aime beaucoup, je l'apprécie et je la respecte ; eh bien ! elle a quelquefois l'air de montrer plus de confiance et d'abandon à nos amis qu'à moi-même.

Bondel aussitôt pensa : « Ça y est, ma femme avait raison. »

Lorsqu'il eut quitté cet homme, il se remit à songer. Il sentait en son âme un mélange confus de pensées contradictoires, une sorte de bouillonnement douloureux, et il gardait dans l'oreille le rire impertinent, ce rire exaspéré qui semblait dire : « Mais il en est de toi comme des autres, imbécile. » Certes, c'était là une bravade, une de ces impudentes bravades de femmes qui osent tout, qui risquent tout pour blesser, pour humilier l'homme contre lequel elles sont irritées.

Donc ce pauvre monsieur devait être aussi un mari trompé, comme tant d'autres. Il avait dit avec tristesse : « Elle a quelquefois l'air de montrer plus de confiance et d'abandon à nos amis qu'à moi-même. » Voilà donc comment un mari, — cet aveugle sentimental que la loi nomme un mari, — formulait ses observations sur les attentions particulières de sa femme pour un autre homme. C'était tout. Il n'avait rien vu de plus. Il était pareil aux autres... Aux autres !

Puis, comme sa propre femme, à lui, Bondel, avait ri d'une façon bizarre : « Toi aussi,... toi aussi... » Comme elles sont folles et imprudentes ces créatures qui peuvent faire entrer de pareils soupçons dans le cœur pour le seul plaisir de braver.

Il remontait leur vie commune, cherchant dans leurs relations anciennes si elle avait jamais paru montrer à quelqu'un plus de confiance et d'abandon qu'à lui-même. Il n'avait jamais suspecté personne, tant il était tranquille, sûr d'elle, confiant.

Mais oui, elle avait eu un ami, un ami intime, qui pendant près d'un an vint dîner chez eux trois fois

par semaine, Tancret, ce bon Tancret, ce brave Tancret, que lui, Bondel, aima comme un frère et qu'il
continuait à voir en cachette depuis que sa femme
s'était fâchée, il ne savait pourquoi, avec cet aimable
garçon.

Il s'arrêta, pour réfléchir, regardant le passé avec
des yeux inquiets. Puis une révolte surgit en lui
contre lui-même, contre cette honteuse insinuation
du moi défiant, du moi jaloux, du moi méchant que
nous portons tous. Il se blâma, il s'accusa, il s'inju-
ria, tout en se rappelant les visites, les allures de cet
ami que sa femme appréciait tant et qu'elle expulsa
sans raison sérieuse. Mais soudain d'autres souvenirs lui vinrent, de ruptures pareilles dues au caractère vindicatif de Mme Bondel qui ne pardonnait
jamais un froissement. Il rit alors franchement de
lui-même, du commencement d'angoisse qui l'avait
étreint ; et, se souvenant des mines haineuses de son
épouse quand il lui disait, le soir, en rentrant : « J'ai
rencontré ce bon Tancret, il m'a demandé de tes
nouvelles », il se rassura complètement.

Elle répondait toujours : « Quand tu verras ce
monsieur, tu peux lui dire que je le dispense de
s'occuper de moi. » Oh ! de quel air irrité, de quel air
féroce elle prononçait ces paroles. Comme on sentait
bien qu'elle ne pardonnait pas, qu'elle ne pardonne-
rait point... Et il avait pu soupçonner ?... même une
seconde ?... Dieu, quelle bêtise !

Pourtant, pourquoi s'était-elle fâchée ainsi ? Elle
n'avait jamais raconté le motif précis de cette
brouille et la raison de son ressentiment. Elle lui en
voulait bien fort ! bien fort ! Est-ce que ?... Mais
non... mais non... Et Bondel se déclara qu'il s'avilissait lui-même en songeant à des choses pareilles.

Oui, il s'avilissait sans aucun doute, mais il ne pouvait s'empêcher de songer à cela et il se demanda avec terreur si cette idée entrée en lui n'allait pas y demeurer, s'il n'avait pas là, dans le cœur, la larve d'un long tourment. Il se connaissait ; il était homme à ruminer son doute, comme il ruminait autrefois ses opérations commerciales, pendant les jours et les nuits, en pesant le pour et le contre, interminablement.

Déjà il devenait agité, il marchait plus vite et perdait son calme. On ne peut rien contre l'Idée. Elle est imprenable, impossible à chasser, impossible à tuer.

Et soudain un projet naquit en lui, hardi, si hardi qu'il douta d'abord s'il l'exécuterait.

Chaque fois qu'il rencontrait Tancret, celui-ci demandait des nouvelles de Mme Bondel ; et Bondel répondait : « Elle est toujours un peu fâchée. » Rien de plus, — Dieu... avait-il été assez mari lui-même !... Peut-être !...

Donc il allait prendre le train pour Paris, se rendre chez Tancret et le ramener avec lui, ce soir-là même, en lui affirmant que la rancune inconnue de sa femme était passée. Oui, mais quelle tête ferait Mme Bondel... quelle scène !... quelle fureur !... quel scandale !... Tant pis, tant pis... ce serait la vengeance du rire, et, en les voyant soudain en face l'un de l'autre, sans qu'elle fût prévenue, il saurait bien saisir sur les figures l'émotion de la vérité.

III

Il se rendit aussitôt à la gare, prit son billet, monta dans un wagon et lorsqu'il se sentit emporté par le train qui descendait la rampe du Pecq, il eut un peu peur, une sorte de vertige devant ce qu'il allait oser. Pour ne pas fléchir, reculer, revenir seul, il s'efforça de n'y plus penser, de se distraire sur d'autres idées, de faire ce qu'il avait décidé avec une résolution aveugle, et il se mit à chantonner des airs d'opérette et de café-concert jusqu'à Paris afin d'étourdir sa pensée.

Des envies de s'arrêter le saisirent aussitôt qu'il eut devant lui les trottoirs qui allaient le conduire à la rue de Tancret. Il flâna devant quelques boutiques, remarqua les prix de certains objets, s'intéressa à des articles nouveaux, eut envie de boire un bock, ce qui n'était guère dans ses habitudes, et en approchant du logis de son ami, désira fort ne point le rencontrer.

Mais Tancret était chez lui, seul, lisant. Il fut surpris, se leva, s'écria :

— Ah ! Bondel ! Quelle chance !

Et Bondel, embarrassé, répondit :

— Oui, mon cher, je suis venu faire quelques

courses à Paris et je suis monté pour vous serrer la
main.

— Ça c'est gentil, gentil! D'autant plus que vous
aviez un peu perdu l'habitude d'entrer chez moi.

— Que voulez-vous, on subit malgré soi des
influences, et comme ma femme avait l'air de vous
en vouloir!...

— Bigre... avait l'air..., elle a fait mieux que cela,
puisqu'elle m'a mis à la porte.

— Mais à propos de quoi? Je ne l'ai jamais su,
moi.

— Oh! à propos de rien... d'une bêtise... d'une discussion où je n'étais pas de son avis.

— Mais à quel sujet cette discussion?

— Sur une dame que vous connaissez peut-être de
nom, Mme Boutin, une de mes amies.

— Ah! vraiment... Eh bien, je crois qu'elle ne vous
en veut plus, ma femme, car elle m'a parlé de vous,
ce matin, en termes fort amicaux.

Tancret eut un tressaillement et parut tellement
stupéfait que, pendant quelques instants, il ne
trouva rien à dire. Puis il reprit :

— Elle vous a parlé de moi... en termes amicaux...

— Mais oui.

— Vous en êtes sûr?

— Parbleu!... je ne rêve pas.

— Et puis?...

— Et puis... comme je venais à Paris, j'ai cru vous
faire plaisir en vous le disant.

— Mais oui... Mais oui...

Bondel parut hésiter, puis, après un petit silence :

— J'avais même une idée... originale.

— Laquelle?

— Vous ramener avec moi pour dîner à la maison.

À cette proposition, Tancret, d'un naturel prudent, parut inquiet.

— Oh! vous croyez?... est-ce possible?... ne nous exposons pas à... à... des histoires...

— Mais non... mais non.

— C'est que... vous savez... elle a de la rancune, Mᵐᵉ Bondel.

— Oui, mais je vous assure qu'elle ne vous en veut plus. Je suis même convaincu que cela lui fera grand plaisir de vous voir comme ça, à l'improviste.

— Vrai?

— Oh! vrai.

— Eh bien! allons, mon cher. Moi, je suis enchanté. Voyez-vous, cette brouille-là me faisait beaucoup de peine.

Et ils se mirent en route vers la gare Saint-Lazare en se tenant par le bras.

Le trajet fut silencieux. Tous deux semblaient perdus en des songeries profondes. Assis l'un en face de l'autre, dans le wagon, ils se regardaient sans parler, constatant l'un et l'autre qu'ils étaient pâles.

Puis ils descendirent du train et se reprirent le bras, comme pour s'unir contre un danger. Après quelques minutes de marche ils s'arrêtèrent, un peu haletants tous les deux, devant la maison des Bondel.

Bondel fit entrer son ami, le suivit dans le salon, appela sa bonne et lui dit : « Madame est ici? »

— Oui, monsieur.

— Priez-la de descendre tout de suite, s'il vous plaît.

— Oui, monsieur.

Et ils attendirent, tombés sur deux fauteuils, émus à présent de la même envie de s'en aller au plus vite,

avant que n'apparût sur le seuil la grande personne
redoutée.

Un pas connu, un pas puissant descendit les
marches de l'escalier. Une main toucha la serrure, et
les yeux des deux hommes virent tourner la poignée
de cuivre. Puis la porte s'ouvrit toute grande et Mme
Bondel s'arrêta, voulant voir avant d'entrer.

Donc elle regarda, rougit, frémit, recula d'un
demi-pas, puis demeura immobile, le sang aux joues
et les deux mains posées sur les deux murs de
l'entrée.

Tancret, pâle à présent comme s'il allait défaillir,
s'était levé, laissant tomber son chapeau, qui roula
sur le parquet. Il balbutiait :

— Mon Dieu... Madame... c'est moi... j'ai cru... j'ai
osé... Cela me faisait tant de peine...

Comme elle ne répondait pas, il reprit :

— Me pardonnez-vous... enfin ?

Alors, brusquement, emportée par une impulsion,
elle marcha vers lui les deux mains tendues ; et
quand il eut pris, serré et gardé ces deux mains, elle
dit, avec une petite voix émue, brisée, défaillante,
que son mari ne lui connaissait point :

— Ah ! mon cher ami... Ça me fait plaisir !

Et Bondel, qui les contemplait, se sentit glacé de la
tête aux pieds, comme si on l'eût trempé dans un
bain froid.

Le Masque

Il y avait bal costumé, à l'Élysée-Montmartre[1], ce soir-là. C'était à l'occasion de la Mi-Carême, et la foule entrait, comme l'eau dans une vanne d'écluse, dans le couloir illuminé qui conduit à la salle de danse. Le formidable appel de l'orchestre, éclatant comme un orage de musique, crevait les murs et le toit, se répandait sur le quartier, allait éveiller, par les rues et jusqu'au fond des maisons voisines, cet irrésistible désir de sauter, d'avoir chaud, de s'amuser, qui sommeille au fond de l'animal humain.

Et les habitués du lieu s'en venaient des quatre coins de Paris, gens de toutes les classes, qui aiment le gros plaisir tapageur, un peu crapuleux, frotté de débauche. C'étaient des employés, des souteneurs, des filles, des filles de tous draps, depuis le coton vulgaire jusqu'à la plus fine batiste, des filles riches, vieilles et diamantées, et des filles pauvres, de seize ans, pleines d'envie de faire la fête, d'être aux hommes, de dépenser de l'argent. Des habits noirs élégants en quête de chair fraîche, de primeurs déflorées, mais savoureuses, rôdaient dans cette foule échauffée, cherchaient, semblaient flairer, tandis que les masques paraissaient agités surtout par le désir de s'amuser. Déjà des quadrilles renommés amassaient autour de leurs bondissements une couronne épaisse de public. La haie onduleuse, la pâte remuante de femmes et d'hommes qui encerclait les quatre danseurs se nouait autour comme un serpent, tantôt rapprochée, tantôt écartée suivant les écarts des artistes. Les deux femmes, dont les cuisses semblaient attachées au corps par des ressorts de caoutchouc, faisaient avec leurs jambes des mouvements surprenants. Elles les lançaient en l'air avec tant de vigueur que le membre paraissait s'envoler vers les nuages, puis, soudain, les écartant comme si elles se fussent ouvertes jusqu'à mi-ventre, glissant l'une en avant, l'autre en arrière, elles touchaient le sol de leur centre par un grand écart rapide, répugnant et drôle.

Leurs cavaliers bondissaient, tricotaient des pieds, s'agitaient, les bras remués et soulevés comme des moignons d'ailes sans plumes, et on devinait, sous leurs masques, leur respiration essoufflée.

Un d'eux, qui avait pris place dans le plus réputé des quadrilles pour remplacer une célébrité absente, le beau « Songe-au-Gosse », et qui s'efforçait de tenir tête à l'infatigable « Arête-de-Veau », exécutait des cavaliers seuls bizarres qui soulevaient la joie et l'ironie du public.

Il était maigre, vêtu en gommeux[1], avec un joli masque verni sur le visage, un masque à moustache blonde frisée que coiffait une perruque à boucles.

Il avait l'air d'une figure de cire du musée Grévin[2], d'une étrange et fantastique caricature du charmant jeune homme des gravures de mode, et il dansait avec un effort convaincu, mais maladroit, avec un emportement comique. Il semblait rouillé à côté des

autres, en essayant d'imiter leurs gambades ; il semblait perclus, lourd comme un roquet jouant avec
des lévriers. Des bravos moqueurs l'encourageaient.
Et lui, ivre d'ardeur, gigotait avec une telle frénésie
que, soudain, emporté par un élan furieux, il alla
donner de la tête dans la muraille du public qui se
fendit devant lui pour le laisser passer, puis se
referma autour du corps inerte, étendu sur le ventre,
du danseur inanimé.

Des hommes le ramassèrent, l'emportèrent. On
criait : « Un médecin. » Un monsieur se présenta,
jeune, très élégant, en habit noir avec de grosses
perles à sa chemise de bal. « Je suis professeur à la
Faculté », dit-il d'une voix modeste. On le laissa passer, et il rejoignit dans une petite pièce pleine de car-
tons comme un bureau d'agent d'affaires, le danseur
toujours sans connaissance qu'on allongeait sur des
chaises. Le docteur voulut d'abord ôter le masque et
reconnut qu'il était attaché d'une façon compliquée
avec une multitude de menus fils de métal, qui le
liaient adroitement aux bords de sa perruque et
enfermaient la tête entière dans une ligature solide
dont il fallait avoir le secret. Le cou lui-même était
emprisonné dans une fausse peau qui continuait le
menton, et cette peau de gant, peinte comme de la
chair, attenait au col de la chemise.

Il fallut couper tout cela avec de forts ciseaux ; et
quand le médecin eut fait, dans ce surprenant
assemblage, une entaille allant de l'épaule à la
tempe, il entrouvrit cette carapace et y trouva une
vieille figure d'homme usée, pâle, maigre et ridée. Le
saisissement fut tel parmi ceux qui avaient apporté
ce jeune masque frisé que personne ne rit, que personne ne dit un mot.

On regardait, couché sur des chaises de paille, ce triste visage aux yeux fermés, barbouillé de poils blancs, les uns longs, tombant du front sur la face, les autres courts, poussés sur les joues et le menton, et, à côté de cette pauvre tête, ce petit, ce joli masque verni, ce masque frais qui souriait toujours[1].

L'homme revint à lui après être demeuré longtemps sans connaissance, mais il paraissait encore si faible, si malade que le médecin redoutait quelque complication dangereuse.

— Où demeurez-vous? dit-il.

Le vieux danseur parut chercher dans sa mémoire, puis se souvenir, et il dit un nom de rue que personne ne connaissait. Il fallut donc lui demander encore des détails sur le quartier. Il les fournissait avec une peine infinie, avec une lenteur et une indécision qui révélaient le trouble de sa pensée.

Le médecin reprit :

— Je vais vous reconduire moi-même.

Une curiosité l'avait saisi de savoir qui était cet étrange baladin, de voir où gîtait ce phénomène sauteur.

Et un fiacre bientôt les emporta tous deux, de l'autre côté des buttes Montmartre.

C'était dans une haute maison d'aspect pauvre, où montait un escalier gluant, une de ces maisons toujours inachevées, criblées de fenêtres, debout entre deux terrains vagues, niches crasseuses où habite une foule d'êtres guenilleux et misérables.

Le docteur, cramponné à la rampe, tige de bois tournante où la main restait collée, soutint jusqu'au quatrième étage le vieil homme étourdi qui reprenait des forces.

La porte à laquelle ils avaient frappé s'ouvrit et

une femme apparut, vieille aussi, propre, avec un bonnet de nuit bien blanc encadrant une tête osseuse, aux traits accentués, une de ces grosses têtes bonnes et rudes des femmes d'ouvrier laborieuses et fidèles.

Elle s'écria :

— Mon Dieu ! qu'est-ce qu'il a eu ?

Lorsque la chose eut été dite en vingt paroles, elle se rassura, et rassura le médecin lui-même, en lui racontant que, souvent déjà, pareille aventure était arrivée.

— Faut le coucher, monsieur, rien autre chose, il dormira, et d'main n'y paraîtra plus.

Le docteur reprit :

— Mais c'est à peine s'il peut parler.

— Oh ! c'est rien, un peu d'boisson, pas autre chose. Il n'a pas dîné pour être souple, et puis il a bu deux vertes, pour se donner de l'agitation. La verte, voyez-vous, ça lui r'fait des jambes, mais ça lui coupe les idées et les paroles. Ça n'est plus de son âge de danser comme il fait. Non, vrai, c'est à désespérer qu'il ait jamais une raison !

Le médecin, surpris, insista.

— Mais pourquoi danse-t-il d'une pareille façon, vieux comme il est ?

Elle haussa les épaules, devenue rouge sous la colère qui l'excitait peu à peu.

— Ah ! oui, pourquoi ! Parlons-en, pour qu'on le croie jeune sous son masque, pour que les femmes le prennent encore pour un godelureau[1] et lui disent des cochonneries dans l'oreille, pour se frotter à leur peau, à toutes leurs sales peaux avec leurs odeurs et leurs poudres et leurs pommades... Ah ! c'est du propre ! Allez, j'en ai eu une vie, moi, monsieur, depuis quarante ans que cela dure... Mais faut le coucher d'abord pour qu'il ne prenne pas mal. Ça ne vous ferait-il rien de m'aider. Quand il est comme ça, je n'en finis pas, toute seule.

Le vieux était assis sur son lit, l'air ivre, ses longs cheveux blancs tombés sur le visage.

Sa compagne le regardait avec des yeux attendris et furieux. Elle reprit :

— Regardez s'il n'a pas une belle tête pour son âge ; et faut qu'il se déguise en polisson pour qu'on le croie jeune. Si c'est pas une pitié ! Vrai, qu'il a une belle tête, monsieur ? Attendez, j'vais vous la montrer avant de le coucher.

Elle alla vers une table qui portait la cuvette, le pot à eau, le savon, le peigne et la brosse. Elle prit la brosse, puis revint vers le lit et relevant toute la chevelure emmêlée du pochard, elle lui donna, en quelques instants, une figure de modèle de peintre, à grandes boucles tombant sur le cou. Puis, reculant afin de le contempler :

— Vrai qu'il est bien, pour son âge ?

— Très bien, affirma le docteur qui commençait à s'amuser beaucoup.

Elle ajouta :

— Et si vous l'aviez connu quand il avait vingt-cinq ans ! Mais faut le mettre au lit ; sans ça ses vertes lui tourneraient dans le ventre. Tenez, monsieur, voulez-vous tirer sa manche ?... plus haut... comme ça... bon... la culotte maintenant... attendez, je vais lui ôter ses chaussures... c'est bien. — À présent, tenez-le debout pour que j'ouvre le lit... voilà... couchons-le... si vous croyez qu'il se dérangera tout à l'heure pour me faire de la place, vous vous trompez. Faut que je trouve mon coin, moi, n'importe où. Ça ne l'occupe pas. Ah ! jouisseur, va !

Dès qu'il se sentit étendu dans ses draps, le bon-
homme ferma les yeux, les rouvrit, les ferma de nouveau, et dans toute sa figure satisfaite apparaissait la
résolution énergique de dormir.

Le docteur, en l'examinant avec un intérêt sans
cesse accru, demanda :

— Alors il va faire le jeune homme dans les bals
costumés ?

— Dans tous, monsieur, et il me revient au matin
dans un état qu'on ne se figure pas. Voyez-vous, c'est
le regret qui le conduit là et qui lui fait mettre une
figure de carton sur la sienne. Oui, le regret de n'être
plus ce qu'il a été, et puis de n'avoir plus ses succès !

Il dormait maintenant, et commençait à ronfler.
Elle le contemplait d'un air apitoyé, et elle reprit :

— Ah ! il en a eu des succès, cet homme-là ! Plus
qu'on ne croirait, monsieur, plus que les plus beaux
messieurs du monde et que tous les ténors et que
tous les généraux.

— Vraiment ? Que faisait-il donc ?

— Oh ! ça va vous étonner d'abord, vu que vous ne
l'avez pas connu dans son beau temps. Moi, quand je
l'ai rencontré, c'était à un bal aussi, car il les a toujours fréquentés. J'ai été prise en l'apercevant, mais
prise comme un poisson avec une ligne. Il était gentil, monsieur, gentil à faire pleurer quand on le
regardait, brun comme un corbeau, et frisé, avec des
yeux noirs aussi grands que des fenêtres. Ah ! oui,
c'était un joli garçon. Il m'a emmenée ce soir-là, et je
ne l'ai plus quitté, jamais, pas un jour, malgré tout !
Oh ! il m'en a fait voir de dures !

Le docteur demanda :

— Vous êtes mariés ?

Elle répondit simplement :

— Oui, monsieur..., sans ça il m'aurait lâchée comme les autres. J'ai été sa femme et sa bonne, tout, tout ce qu'il a voulu... et il m'en a fait pleurer... des larmes que je ne lui montrais pas! Car il me racontait ses aventures, à moi... à moi... monsieur... sans comprendre quel mal ça me faisait de l'écouter...

— Mais quel métier faisait-il, enfin?

— C'est vrai... j'ai oublié de vous le dire. Il était premier garçon chez Martel, mais un premier comme on n'en avait jamais eu... un artiste à dix francs l'heure, en moyenne...

— Martel?... qui ça, Martel?...

— Le coiffeur, monsieur, le grand coiffeur de l'Opéra qui avait toute la clientèle des actrices. Oui, toutes les actrices les plus huppées se faisaient coiffer par Ambroise et lui donnaient des gratifications qui lui ont fait une fortune. Ah! monsieur, toutes les femmes sont pareilles, oui, toutes. Quand un homme leur plaît, elles se l'offrent. C'est si facile... et ça fait tant de peine à apprendre. Car il me disait tout... il ne pouvait pas se taire... non, il ne pouvait pas. Ces choses-là donnent tant de plaisir aux hommes! plus de plaisir encore à dire qu'à faire peut-être.

Quand je le voyais rentrer le soir, un peu pâlot, l'air content, l'œil brillant, je me disais: « Encore une. Je suis sûre qu'il en a levé encore une. » Alors j'avais envie de l'interroger, une envie qui me cuisait le cœur, et aussi une autre envie de ne pas savoir, de l'empêcher de parler s'il commençait. Et nous nous regardions.

Je savais bien qu'il ne se tairait pas, qu'il allait en venir à la chose. Je sentais cela à son air, à son air de rire, pour me faire comprendre : « J'en ai une bonne aujourd'hui, Madeleine. » Je faisais semblant de ne pas voir, de ne pas deviner ; et je mettais le couvert, j'apportais la soupe, je m'asseyais en face de lui.

Dans ces moments-là, monsieur, c'est comme si on m'avait écrasé mon amitié pour lui dans le corps, avec une pierre. Ça fait mal, allez, rudement. Mais il ne saisissait pas, lui, il ne savait pas ; il avait besoin de conter cela à quelqu'un, de se vanter, de montrer combien on l'aimait... et il n'avait que moi à qui le dire... vous comprenez... que moi... Alors... il fallait bien l'écouter et prendre ça comme du poison.

Il commençait à manger sa soupe et puis il disait :
— Encore une, Madeleine.

Moi je pensais : « Ça y est. Mon Dieu, quel homme ! Faut-il que je l'aie rencontré. »

Alors, il partait : « Encore une, et puis une chouette... » Et c'était une petite du Vaudeville ou bien une petite des Variétés, et puis aussi des grandes, les plus connues de ces dames de théâtre. Il me disait leurs noms, leurs mobiliers, et tout, tout, oui tout, monsieur... Des détails à m'arracher le cœur. Et il revenait là-dessus, il recommençait son histoire, d'un bout à l'autre, si content que je faisais semblant de rire pour qu'il ne se fâche pas contre moi.

Ce n'était peut-être pas vrai tout ça ! Il aimait tant se glorifier qu'il était bien capable d'inventer des choses pareilles ! C'était peut-être vrai aussi ! Ces soirs-là, il faisait semblant d'être fatigué, de vouloir se coucher après souper. On soupait à onze heures, monsieur, car il ne rentrait jamais plus tôt, à cause des coiffures de soirée.

Quand il avait fini son aventure, il fumait des ciga-rettes en se promenant dans la chambre, et il était si

joli garçon, avec sa moustache et ses cheveux frisés,
que je pensais : « C'est vrai, tout de même, ce qu'il
raconte. Puisque j'en suis folle, moi, de cet
homme-là, pourquoi donc les autres n'en seraient-
elles pas aussi toquées. » Ah! j'en ai eu des envies de
pleurer, et de crier, et de me sauver, et de me jeter
par la fenêtre, tout en desservant la table pendant
qu'il fumait toujours. Il bâillait, en ouvrant la
bouche, pour me montrer combien il était las, et il
disait deux ou trois fois avant de se mettre au lit :
« Dieu que je dormirai bien cette nuit! »

Je ne lui en veux pas, car il ne savait point
combien il me peinait. Non, il ne pouvait pas le
savoir! il aimait se vanter des femmes comme un
paon qui fait la roue. Il en était arrivé à croire que
toutes le regardaient et le voulaient.

Ç'a été dur quand il a vieilli.

Oh! monsieur, quand j'ai vu son premier cheveu
blanc, j'ai eu un saisissement à perdre le souffle, et
puis une joie — une vilaine joie — mais si grande, si
grande!!! Je me suis dit : « C'est la fin... c'est la
fin... » Il m'a semblé qu'on allait me sortir de prison.
Je l'aurais donc pour moi toute seule, quand les
autres n'en voudraient plus.

C'était un matin, dans notre lit. — Il dormait
encore, et je me penchais sur lui pour le réveiller en
l'embrassant lorsque j'aperçus dans ses boucles, sur
la tempe, un petit fil qui brillait comme de l'argent.
Quelle surprise! Je n'aurais pas cru cela possible!
D'abord j'ai pensé à l'arracher pour qu'il ne le vît pas,
lui! mais, en regardant bien j'en aperçus un autre
plus haut. Des cheveux blancs! il allait avoir des cheveux blancs! J'en avais le cœur battant et une moi-
teur à la peau; pourtant, j'étais bien contente, au
fond!

C'est laid de penser ainsi, mais j'ai fait mon ménage de bon cœur ce matin-là, sans le réveiller encore, et quand il eut ouvert les yeux, tout seul, je lui dis :

— Sais-tu ce que j'ai découvert pendant que tu dormais?

— Non.

— J'ai découvert que tu as des cheveux blancs.

Il eut une secousse de dépit qui le fit asseoir comme si je l'avais chatouillé et il me dit d'un air méchant :

— C'est pas vrai!

— Oui, sur la tempe gauche. Il y en a quatre.

Il sauta du lit pour courir à la glace.

Il ne les trouvait pas. Alors je lui montrai le premier, le plus bas, le petit frisé, et je lui disais :

— Ça n'est pas étonnant avec la vie que tu mènes. D'ici à deux ans tu seras fini.

Eh bien! monsieur, j'avais dit vrai, deux ans après on ne l'aurait pas reconnu. Comme ça change vite un homme! Il était encore beau garçon, mais il perdait sa fraîcheur, et les femmes ne le recherchaient plus. Ah! j'en ai mené une dure d'existence, moi, en ce temps-là! il m'en a fait voir de cruelles! Rien ne lui plaisait, rien de rien. Il a quitté son métier pour la chapellerie, dans quoi il a mangé de l'argent. Et puis il a voulu être acteur sans y réussir, et puis il s'est mis à fréquenter les bals publics. Enfin, il a eu le bon sens de garder un peu de bien, dont nous vivons. Ça suffit, mais ça n'est pas lourd! Dire qu'il a eu presque une fortune à un moment.

Maintenant vous voyez ce qu'il fait. C'est comme une frénésie qui le tient. Faut qu'il soit jeune, faut qu'il danse avec des femmes qui sentent l'odeur et la pommade. Pauvre vieux chéri, va!

Elle regardait, émue, prête à pleurer, son vieux mari qui ronflait. Puis, s'approchant de lui à pas légers, elle mit un baiser dans ses cheveux. Le médecin s'était levé, et se préparait à s'en aller, ne trouvant rien à dire devant ce couple bizarre.

Alors, comme il partait, elle demanda :

— Voulez-vous tout de même me donner votre adresse. S'il était plus malade j'irais vous chercher.

Un portrait

— Tiens, Milial! dit quelqu'un près de moi.

Je regardai l'homme qu'on désignait, car depuis longtemps j'avais envie de connaître ce Don Juan.

Il n'était plus jeune. Les cheveux gris, d'un gris trouble, ressemblaient un peu à ces bonnets à poil dont se coiffent certains peuples du Nord, et sa barbe fine, assez longue, tombant sur la poitrine, avait aussi des airs de fourrure. Il causait avec une femme, penché vers elle, parlant à voix basse, en la regardant avec un œil doux, plein d'hommages et de caresses.

Je savais sa vie, ou du moins ce qu'on en connaissait. Il avait été aimé follement, plusieurs fois, et des drames avaient eu lieu où son nom se trouvait mêlé. On parlait de lui comme d'un homme très séduisant, presque irrésistible. Lorsque j'interrogeais les femmes qui faisaient le plus son éloge, pour savoir d'où lui venait cette puissance, elles répondaient toujours, après avoir quelque temps cherché :

— Je ne sais pas... c'est du charme.

Certes, il n'était pas beau. Il n'avait rien des élégances dont nous supposons doués les conquérants de cœurs féminins. Je me demandais, avec intérêt,

où était cachée sa séduction. Dans l'esprit?... On ne
m'avait jamais cité ses mots ni même célébré son
intelligence... Dans le regard?... Peut-être... Ou dans
la voix?... La voix de certains êtres a des grâces sensuelles, irrésistibles, la saveur des choses exquises à
manger. On a faim de les entendre, et le son de leurs
paroles pénètre en nous comme une friandise.

Un ami passait. Je lui demandai :

— Tu connais M. Milial?

— Oui.

— Présente-nous donc l'un à l'autre.

Une minute plus tard, nous échangions une poignée de main et nous causions entre deux portes. Ce
qu'il disait était juste, agréable à entendre, sans
contenir rien de supérieur. La voix en effet était
belle, douce, caressante, musicale; mais j'en avais
entendu de plus prenantes, de plus remuantes. On
l'écoutait avec plaisir, comme on regarderait couler
une jolie source. Aucune tension de pensée n'était
nécessaire pour le suivre, aucun sous-entendu ne
surexcitait la curiosité, aucune attente ne tenait en
éveil l'intérêt. Sa conversation était plutôt reposante
et n'allumait point en nous soit un vif désir de
répondre et de contredire, soit une approbation
ravie.

Il était d'ailleurs aussi facile de lui donner la
réplique que de l'écouter. La réponse venait aux
lèvres d'elle-même, dès qu'il avait fini de parler, et
les phrases allaient vers lui comme si ce qu'il avait
dit les faisait sortir de la bouche naturellement.

Une réflexion me frappa bientôt. Je le connaissais
depuis un quart d'heure, et il me semblait qu'il était
un de mes anciens amis, que tout, de lui, m'était
familier depuis longtemps : sa figure, ses gestes, sa
voix, ses idées.

Brusquement, après quelques instants de causerie, il me paraissait installé dans mon intimité. Toutes les portes étaient ouvertes entre nous, et je lui aurais fait peut-être, sur moi-même, s'il les avait sollicitées, ces confidences que, d'ordinaire, on ne livre qu'aux plus anciens camarades.

Certes, il y avait là un mystère. Ces barrières fermées entre tous les êtres, et que le temps pousse une à une, lorsque la sympathie, les goûts pareils, une même culture intellectuelle et des relations constantes les ont décadenassées peu à peu, semblaient ne pas exister entre lui et moi, et, sans doute, entre lui et tous ceux, hommes et femmes, que le hasard jetait sur sa route.

Au bout d'une demi-heure, nous nous séparâmes en nous promettant de nous revoir souvent, et il me donna son adresse après m'avoir invité à déjeuner, le surlendemain.

Ayant oublié l'heure, j'arrivai trop tôt ; il n'était pas rentré. Un domestique correct et muet ouvrit devant moi un beau salon un peu sombre, intime, recueilli. Je m'y sentis à l'aise, comme chez moi. Que de fois j'ai remarqué l'influence des appartements sur le caractère et sur l'esprit ! Il y a des pièces où on se sent toujours bête ; d'autres, au contraire, où on se sent toujours verveux[1]. Les unes attristent, bien que claires, blanches et dorées ; d'autres égayent, bien que tenturées d'étoffes calmes. Notre œil, comme notre cœur, a ses haines et ses tendresses, dont souvent il ne nous fait point part, et qu'il impose secrètement, furtivement, à notre humeur. L'harmonie des meubles, des murs, le style d'un ensemble agissent instantanément sur notre nature intellectuelle comme l'air des bois, de la mer ou de la montagne modifie notre nature physique[2].

Je m'assis sur un divan disparu sous les coussins, et je me sentis soudain soutenu, porté, capitonné par ces petits sacs de plume couverts de soie, comme si la forme et la place de mon corps eussent été marquées d'avance sur ce meuble.

Puis je regardai. Rien d'éclatant dans la pièce ; partout de belles choses modestes, des meubles simples et rares, des rideaux d'Orient qui ne semblaient pas venir du Louvre[1] mais de l'intérieur d'un harem, et, en face de moi, un portrait de femme. C'était un portrait de moyenne grandeur, montrant la tête et le haut du corps, et les mains qui tenaient un livre. Elle était jeune, nu-tête, coiffée de bandeaux plats, souriant un peu tristement. Est-ce parce qu'elle avait la tête nue, ou bien par l'impression de son allure si naturelle, mais jamais portrait de femme ne me parut être chez lui autant que celui-là, dans ce logis. Presque tous ceux que je connais sont en représentation, soit que la dame ait des vêtements d'apparat, une coiffure seyante, un air de bien savoir qu'elle pose devant le peintre d'abord, et ensuite devant tous ceux qui la regarderont, soit qu'elle ait pris une attitude abandonnée dans un négligé bien choisi.

Les unes sont debout, majestueuses, en pleine beauté, avec un air de hauteur qu'elles n'ont pas dû garder longtemps dans l'ordinaire de la vie. D'autres minaudent, dans l'immobilité de la toile ; et toutes ont un rien, une fleur ou un bijou, un pli de robe ou de lèvre qu'on sent posé par le peintre, pour l'effet. Qu'elles portent un chapeau, une dentelle sur la tête, ou leurs cheveux seulement, on devine en elles quelque chose qui n'est point tout à fait naturel. Quoi ? On l'ignore, puisqu'on ne les a pas connues, mais on le sent. Elles semblent en visite quelque part, chez des gens à qui elles veulent plaire, à qui elles veulent se montrer avec tout leur avantage ; et elles ont étudié leur attitude, tantôt modeste, tantôt hautaine.

Que dire de celle-là ? Elle était chez elle, et seule. Oui, elle était seule, car elle souriait comme on sourit quand on pense solitairement à quelque chose de triste et de doux, et non comme on sourit quand on est regardée. Elle était tellement seule, et chez elle, qu'elle faisait le vide en tout ce grand appartement, le vide absolu. Elle l'habitait, l'emplissait, l'animait seule ; il y pouvait entrer beaucoup de monde, et tout ce monde pouvait parler, rire, même chanter ; elle y serait toujours seule, avec un sourire solitaire, et, seule, elle le rendrait vivant, de son regard de portrait.

Il était unique aussi, ce regard. Il tombait sur moi tout droit, caressant et fixe, sans me voir. Tous les portraits savent qu'ils sont contemplés, et ils répondent avec les yeux, avec des yeux qui voient, qui pensent, qui nous suivent, sans nous quitter, depuis notre entrée jusqu'à notre sortie de l'appartement qu'ils habitent.

Celui-là ne me voyait pas, ne voyait rien, bien que son regard fût planté sur moi, tout droit. Je me rappelai le vers surprenant de Baudelaire :

Et tes yeux attirants comme ceux d'un portrait[1].

Ils m'attiraient, en effet, d'une façon irrésistible, jetaient en moi un trouble étrange, puissant, nouveau, ces yeux peints, qui avaient vécu, ou qui vivaient encore, peut-être. Oh ! quel charme infini et amollissant comme une brise qui passe, séduisant comme un ciel mourant de crépuscule lilas, rose et bleu, et un peu mélancolique comme la nuit qui vient derrière sortait de ce cadre sombre et de ces yeux impénétrables! Ces yeux, ces yeux créés par quelques coups de pinceau, cachaient en eux le mystère de ce qui semble être et n'existe pas, de ce qui peut apparaître en un regard de femme, de ce qui fait germer l'amour en nous.

La porte s'ouvrit. M. Milial entrait. Il s'excusa d'être en retard. Je m'excusai d'être en avance. Puis je lui dis :

— Est-il indiscret de vous demander quelle est cette femme?

Il répondit :

— C'est ma mère, morte toute jeune.

Et je compris alors d'où venait l'inexplicable séduction de cet homme!

L'Infirme

Cette aventure m'est arrivée vers 1882. Je venais de m'installer dans le coin d'un wagon vide, et j'avais refermé la portière, avec l'espérance de rester seul, quand elle se rouvrit brusquement, et j'entendis une voix qui disait :

— Prenez garde, monsieur, nous nous trouvons juste au croisement des lignes; le marchepied est très haut.

Une autre voix répondit :

— Ne crains rien, Laurent, je vais prendre les poignées.

Puis une tête apparut coiffée d'un chapeau rond, et deux mains, s'accrochant aux lanières de cuir et de drap suspendues des deux côtés de la portière, hissèrent lentement un gros corps, dont les pieds firent sur le marchepied un bruit de canne frappant le sol.

Or, quand l'homme eut fait entrer son torse dans le compartiment, je vis apparaître, dans l'étoffe flasque du pantalon, le bout peint en noir d'une jambe de bois, qu'un autre pilon pareil suivit bientôt.

Une tête se montra derrière ce voyageur et
demanda :

— Vous êtes bien, monsieur?

— Oui, mon garçon.

— Alors, voilà vos paquets et vos béquilles.

Et un domestique, qui avait l'air d'un vieux soldat,
monta à son tour, portant en ses bras un tas de
choses, enveloppées en des papiers noirs et jaunes,
ficelées soigneusement, et les déposa, l'une après
l'autre, dans le filet au-dessus de la tête de son
maître, Puis il dit :

— Voilà, monsieur, c'est tout. Il y en a cinq : les
bonbons, la poupée, le tambour, le fusil et le pâté de
foies gras.

— C'est bien, mon garçon.

— Bon voyage, monsieur.

— Merci, Laurent; bonne santé !

L'homme s'en alla en repoussant la porte, et je
regardai mon voisin.

Il pouvait avoir trente-cinq ans, bien que ses cheveux fussent presque blancs; il était décoré, mousta-
chu, fort gros, atteint de cette obésité poussive des
hommes actifs et forts qu'une infirmité tient immo-
biles.

Il s'essuya le front, souffla et, me regardant bien
en face :

— La fumée vous gêne-t-elle, monsieur?

— Non, monsieur.

Cet œil, cette voix, ce visage, je les connaissais.
Mais d'où, de quand? Certes, j'avais rencontré ce
garçon-là, je lui avais parlé, je lui avais serré la main.
Cela datait de loin, de très loin, c'était perdu dans
cette brume où l'esprit semble chercher à tâtons les
souvenirs et les poursuit, comme des fantômes
fuyants, sans les saisir.

Lui aussi, maintenant, me dévisageait avec la ténacité et la fixité d'un homme qui se rappelle un peu, mais pas tout à fait.

Nos yeux, gênés de ce contact obstiné des regards, se détournèrent ; puis, au bout de quelques secondes, attirés de nouveau par la volonté obscure et tenace de la mémoire en travail, ils se rencontrèrent encore, et je dis :

— Mon Dieu, monsieur, au lieu de nous observer à la dérobée pendant une heure, ne vaudrait-il pas mieux chercher ensemble où nous nous sommes connus ?

Le voisin répondit avec bonne grâce :

— Vous avez tout à fait raison, monsieur.

Je me nommai :

— Je m'appelle Henry Bonclair, magistrat.

Il hésita quelques secondes ; puis, avec ce vague de l'œil et de la voix qui accompagne les grandes tensions d'esprit :

— Ah ! parfaitement, je vous ai rencontré chez les Poincel, autrefois, avant la guerre, voilà douze ans de cela !

— Oui, monsieur... Ah !... ah !... vous êtes le lieutenant Revalière ?

— Oui... Je fus même le capitaine Revalière jusqu'au jour où j'ai perdu mes pieds... tous les deux d'un seul coup, sur le passage d'un boulet.

Et nous nous regardâmes de nouveau, maintenant que nous nous connaissions.

Je me rappelais parfaitement avoir vu ce beau garçon mince qui conduisait les cotillons avec une furie agile et gracieuse et qu'on avait surnommé, je crois, « la Trombe ». Mais derrière cette image, nettement évoquée, flottait encore quelque chose d'insaisissable, une histoire que j'avais sue et oubliée, une de ces histoires auxquelles on prête une attention bien- veillante et courte, et qui ne laissent dans l'esprit qu'une marque presque imperceptible.

Il y avait de l'amour là-dedans. J'en retrouvais la sensation particulière au fond de ma mémoire, mais rien de plus, sensation comparable au fumet que sème pour le nez d'un chien le pied d'un gibier sur le sol.

Peu à peu, cependant, les ombres s'éclaircirent et une figure de jeune fille surgit devant mes yeux. Puis son nom éclata dans ma tête comme un pétard qui s'allume : Mlle de Mandal. Je me rappelais tout, maintenant. C'était, en effet, une histoire d'amour, mais banale. Cette jeune fille aimait ce jeune homme, lorsque je l'avais rencontré, et on parlait de leur prochain mariage. Il paraissait lui-même très épris, très heureux.

Je levai les yeux vers le filet où tous les paquets apportés par le domestique de mon voisin tremblo- taient aux secousses du train, et la voix du serviteur me revint comme s'il finissait à peine de parler.

Il avait dit :

— Voilà, monsieur, c'est tout. Il y en a cinq : les bonbons, la poupée, le tambour, le fusil et le pâté de foies gras.

Alors, en une seconde, un roman se composa et se déroula dans ma tête. Il ressemblait d'ailleurs à tous ceux que j'avais lus où, tantôt le jeune homme, tan- tôt la jeune fille, épouse son fiancé ou sa fiancée après la catastrophe, soit corporelle, soit financière. Donc, cet officier mutilé pendant la guerre avait re- trouvé, après la campagne, la jeune fille qui s'était promise à lui ; et, tenant son engagement, elle s'était donnée.

Je jugeais cela beau, mais simple, comme on juge simples tous les dévouements et tous les dénouements des livres et du théâtre. Il semble toujours, quand on lit, ou quand on écoute, à ces écoles de magnanimité, qu'on se serait sacrifié soi-même avec un plaisir enthousiaste, avec un élan magnifique. Mais on est de fort mauvaise humeur, le lendemain, quand un ami misérable vient vous emprunter quelque argent.

Puis, soudain, une autre supposition, moins poétique et plus réaliste, se substitua à la première. Peut-être s'était-il marié avant la guerre, avant l'épouvantable accident de ce boulet lui coupant les jambes, et avait-elle dû, désolée et résignée, recevoir, soigner, consoler, soutenir ce mari, parti fort et beau, revenu avec les pieds fauchés, affreux débris voué à l'immobilité, aux colères impuissantes et à l'obésité fatale.

Était-il heureux ou torturé? Une envie, légère d'abord, puis grandissante, puis irrésistible, me saisit de connaître son histoire, d'en savoir au moins les points principaux, qui me permettraient de deviner ce qu'il ne pourrait pas ou ne voudrait pas me dire.

Je lui parlais, tout en songeant. Nous avions échangé quelques paroles banales; et moi, les yeux levés vers le filet, je pensais : « Il a donc trois enfants : les bonbons sont pour sa femme, la poupée pour sa petite fille, le tambour et le fusil pour ses fils, ce pâté de foies gras pour lui. »

Soudain, je lui demandai :

— Vous êtes père, monsieur?

Il répondit :

— Non, monsieur.

Je me sentis soudain confus comme si j'avais commis une grosse inconvenance et je repris :

— Je vous demande pardon. Je l'avais pensé en entendant votre domestique parler de jouets. On entend sans écouter, et on conclut malgré soi.

Il sourit, puis murmura :

— Non, je ne suis même pas marié. J'en suis resté aux préliminaires.

J'eus l'air de me souvenir tout à coup.

— Ah !... c'est vrai, vous étiez fiancé, quand je vous ai connu, fiancé avec Mlle de Mandal, je crois.

— Oui, monsieur, votre mémoire est excellente.

J'eus une audace excessive, et j'ajoutai :

— Oui, je crois me rappeler aussi avoir entendu dire que Mlle de Mandal avait épousé monsieur... monsieur...

Il prononça tranquillement ce nom.

— M. de Fleurel.

— Oui, c'est cela ! Oui... je me rappelle même, à ce propos, avoir entendu parler de votre blessure.

Je le regardais bien en face, et il rougit.

Sa figure pleine, bouffie, que l'afflux constant de sang rendait déjà pourpre, se teinta davantage encore.

Il répondit avec vivacité, avec l'ardeur soudaine d'un homme qui plaide une cause perdue d'avance, perdue dans son esprit et dans son cœur, mais qu'il veut gagner devant l'opinion.

— On a tort, monsieur, de prononcer à côté du mien le nom de Mme de Fleurel. Quand je suis revenu de la guerre, sans mes pieds, hélas ! je n'aurais jamais accepté, jamais, qu'elle devînt ma femme. Est-ce que c'était possible ? Quand on se marie, monsieur, ce n'est pas pour faire parade de générosité : c'est pour vivre, tous les jours, toutes les heures, toutes les minutes, toutes les secondes, à côté d'un homme; et, si cet homme est difforme, comme moi, on se condamne, en l'épousant, à une souffrance qui durera jusqu'à la mort! Oh! je comprends, j'admire tous les sacrifices, tous les dévouements, quand ils ont une limite, mais je n'admets pas le renoncement d'une femme à toute une vie qu'elle espère heureuse, à toutes les joies, à tous les rêves, pour satisfaire l'admiration de la galerie. Quand j'entends sur le plancher de ma chambre le battement de mes pilons et celui de mes béquilles, ce bruit de moulin que je fais à chaque pas, j'ai des exaspérations à étrangler mon serviteur. Croyez-vous qu'on puisse accepter d'une femme de tolérer ce qu'on ne supporte pas soi-même? Et puis, vous imaginez-vous que c'est joli, mes bouts de jambes?... »

Il se tut. Que lui dire? Je trouvais qu'il avait raison! Pouvais-je la blâmer, la mépriser, même lui donner tort, à elle? Non. Cependant? Le dénouement conforme à la règle, à la moyenne, à la vérité, à la vraisemblance, ne satisfaisait pas mon appétit poétique. Ces moignons héroïques appelaient un beau sacrifice qui me manquait, et j'en éprouvais une déception.

Je lui demandai tout à coup :

— Mme de Fleurel a des enfants?

— Oui, une fille et deux garçons. C'est pour eux que je porte ces jouets. Son mari et elle ont été très bons pour moi.

Le train montait la rampe de Saint-Germain. Il passa les tunnels, entra en gare, s'arrêta.

J'allais offrir mon bras pour aider la descente de l'officier mutilé quand deux mains se tendirent vers lui, par la portière ouverte :

Les Vingt-cinq Francs
de la supérieure

Ah! certes, il était drôle, le père Pavilly, avec ses grandes jambes d'araignée et son petit corps, et ses longs bras, et sa tête en pointe surmontée d'une flamme de cheveux rouges sur le sommet du crâne.

C'était un clown, un clown paysan, naturel, né pour faire des farces, pour faire rire, pour jouer des rôles, des rôles simples puisqu'il était fils de paysan, paysan lui-même, sachant à peine lire. Ah! oui, le bon Dieu l'avait créé pour amuser les autres, les pauvres diables de la campagne qui n'ont pas de théâtres et de fêtes; et il les amusait en conscience. Au café, on lui payait des tournées pour le garder, et il buvait intrépidement, riant et plaisantant, blaguant tout le monde sans fâcher personne, pendant qu'on se tordait autour de lui[1].

Il était si drôle que les filles elles-mêmes ne lui résistaient pas, tant elles riaient, bien qu'il fût très laid. Il les entraînait, en blaguant, derrière un mur, dans un fossé, dans une étable, puis il les chatouillait et les pressait, avec des propos si comiques qu'elles se tenaient les côtes en le repoussant. Alors il gambadait, faisait mine de se vouloir pendre, et elles se tordaient, les larmes aux yeux; il choisissait un moment et les culbutait avec tant d'à-propos qu'elles y passaient toutes, même celles qui l'avaient bravé, histoire de s'amuser.

Donc, vers la fin de juin il s'engagea, pour faire la moisson, chez maître Le Harivau, près de Rouville. Pendant trois semaines entières il réjouit les moissonneurs, hommes et femmes par ses farces, tant le jour que la nuit. Le jour on le voyait dans la plaine, au milieu des épis fauchés, on le voyait coiffé d'un vieux chapeau de paille qui cachait son toupet roussâtre, ramassant avec ses longs bras maigres et liant en gerbes le blé jaune ; puis s'arrêtant pour esquisser un geste drôle qui faisait rire à travers la campagne le peuple des travailleurs qui ne le quittait point de l'œil. La nuit il se glissait, comme une bête rampante, dans la paille des greniers où dormaient les femmes, et ses mains rôdaient, éveillaient des cris, soulevaient des tumultes. On le chassait à coups de sabots et il fuyait à quatre pattes, pareil à un singe fantastique, au milieu des fusées de gaieté de la chambrée tout entière.

Le dernier jour, comme le char des moissonneurs, enrubanné et cornemusant, plein de cris, de chants, de joie et d'ivresse, allait sur la grande route blanche, au pas lent de six chevaux pommelés, conduit par un gars en blouse portant cocarde à sa casquette, Pavilly, au milieu des femmes vautrées, dansait un pas de satyre ivre qui tenait, bouche bée, sur les talus des fermes les petits garçons morveux et les paysans stupéfaits de sa structure invraisemblable.

Tout à coup, en arrivant à la barrière de la ferme de maître Le Harivau, il fit un bond en élevant les bras, mais par malheur il heurta, en retombant, le bord de la longue charrette, culbuta par-dessus, tomba sur la roue et rebondit sur le chemin.

Ses camarades s'élancèrent. Il ne bougeait plus, un œil fermé, l'autre ouvert, blême de peur, ses grands membres allongés dans la poussière.

Quand on toucha sa jambe droite, il se mit à pousser des cris et, quand on voulut le mettre debout, il s'abattit.

— Je crais ben qu'il a une patte cassée, dit un homme.

Il avait, en effet, une jambe cassée.

Maître Le Harivau le fit étendre sur une table, et un cavalier courut à Rouville pour chercher le médecin, qui arriva une heure après.

Le fermier fut très généreux et annonça qu'il payerait le traitement de l'homme à l'hôpital.

Le docteur emporta donc Pavilly dans sa voiture et le déposa dans un dortoir peint à la chaux où sa fracture fut réduite.

Dès qu'il comprit qu'il n'en mourrait pas et qu'il allait être soigné, guéri, dorloté, nourri à rien faire, sur le dos, entre deux draps, Pavilly fut saisi d'une joie débordante, et il se mit à rire d'un rire silencieux et continu qui montrait ses dents gâtées.

Dès qu'une sœur approchait de son lit, il lui faisait des grimaces de contentement, clignait de l'œil, tordait sa bouche, remuait son nez qu'il avait très long et mobile à volonté. Ses voisins de dortoir, tout malades qu'ils étaient, ne pouvaient se tenir de rire, et la sœur supérieure venait souvent à son lit pour passer un quart d'heure d'amusement. Il trouvait pour elle des farces plus drôles, des plaisanteries inédites et comme il portait en lui le germe de tous les cabotinages, il se faisait dévot pour lui plaire, parlait du bon Dieu avec des airs sérieux d'homme qui sait les moments où il ne faut plus badiner.

Un jour, il imagina de lui chanter des chansons. Elle fut ravie et revint plus souvent; puis, pour utiliser sa voix, elle lui apporta un livre de cantiques. On le vit alors assis dans son lit, car il commençait à se remuer, entonnant d'une voix de fausset les louanges de l'Éternel, de Marie et du Saint-Esprit, tandis que la grosse bonne sœur, debout à ses pieds, battait la mesure avec un doigt en lui donnant l'intonation. Dès qu'il put marcher, la supérieure lui offrit de le garder quelque temps de plus pour chanter les offices dans la chapelle, tout en servant la messe et remplissant aussi les fonctions de sacristain. Il accepta. Et pendant un mois entier on le vit, vêtu d'un surplis blanc, et boitillant, entonner les répons et les psaumes avec des ports de tête si plaisants que le nombre des fidèles augmenta, et qu'on désertait la paroisse pour venir à vêpres à l'hôpital.

Mais comme tout finit en ce monde, il fallut bien le congédier quand il fut tout à fait guéri. La supérieure, pour le remercier, lui fit cadeau de vingt-cinq francs.

Dès que Pavilly se vit dans la rue avec cet argent dans sa poche, il se demanda ce qu'il allait faire. Retournerait-il au village? Pas avant d'avoir bu un coup certainement, ce qui ne lui était pas arrivé depuis longtemps, et il entra dans un café. Il ne venait pas à la ville plus d'une fois ou deux par an, et il lui était resté, d'une de ces visites en particulier, un souvenir confus et enivrant d'orgie.

Donc il demanda un verre de fine qu'il avala d'un trait pour graisser le passage, puis il s'en fit verser un second afin d'en prendre le goût.

Dès que l'eau-de-vie, forte et poivrée, lui eut touché le palais et la langue, réveillant plus vive, après cette longue sobriété, la sensation aimée et désirée de l'alcool qui caresse, et pique, et aromatise, et brûle la bouche, il comprit qu'il boirait la bouteille et demanda tout de suite ce qu'elle valait, afin d'économiser sur le détail. On la lui compta trois francs, qu'il paya ; puis il commença à se griser avec tranquillité.

Il y mettait pourtant de la méthode, voulant garder assez de conscience pour d'autres plaisirs. Donc aussitôt qu'il se sentit sur le point de voir saluer les cheminées il se leva, et s'en alla, d'un pas hésitant, sa bouteille sous le bras, en quête d'une maison de filles.

Il la trouva, non sans peine, après l'avoir demandée à un charretier qui ne la connaissait pas, à un facteur qui le renseigna mal, à un boulanger qui se mit à jurer en le traitant de vieux porc, et, enfin, à un militaire qui l'y conduisit obligeamment, en l'engageant à choisir la Reine.

Pavilly, bien qu'il fût à peine midi, entra dans ce lieu de délices où il fut reçu par une bonne qui voulait le mettre à la porte. Mais il la fit rire par une grimace, montra trois francs, prix normal des consommations spéciales du lieu, et la suivit avec peine le long d'un escalier fort sombre qui menait au premier étage.

Quand il fut entré dans une chambre il réclama la venue de la Reine et l'attendit en buvant un nouveau coup au goulot même de sa bouteille.

La porte s'ouvrit, une fille parut. Elle était grande, grasse, rouge, énorme. D'un coup d'œil sûr, d'un coup d'œil de connaisseur, elle toisa l'ivrogne écroulé sur un siège et lui dit :

— T'as pas honte à c't'heure-ci ?

Il balbutia :

— De quoi, princesse ?

— Mais de déranger une dame avant qu'elle ait seulement mangé la soupe.

Il voulut rire.

— Y a pas d'heure pour les braves.

— Y a pas d'heure non plus pour se saouler, vieux pot.

Pavilly se fâcha.

— Je sieus pas un pot, d'abord, et puis je sieus pas saoul.

— Pas saoul ?

— Non, je sieus pas saoul.

— Pas saoul, tu pourrais pas seulement te tenir debout.

Elle le regardait avec une colère rageuse de femme dont les compagnes dînent.

Il se dressa.

— Mé, mé, que je danserais une polka.

Et, pour prouver sa solidité, il monta sur la chaise, fit une pirouette et sauta sur le lit où ses gros souliers vaseux plaquèrent deux taches épouvantables.

— Ah ! salaud ! cria la fille.

S'élançant, elle lui jeta un coup de poing dans le ventre, un tel coup de poing que Pavilly perdit l'équilibre, bascula sur les pieds de la couche, fit une complète cabriole, retomba sur la commode entraînant avec lui la cuvette et le pot à l'eau, puis s'écroula par terre en poussant des hurlements.

Le bruit fut si violent et ses cris si perçants que toute la maison accourut, monsieur, madame, la servante et le personnel.

Monsieur, d'abord, voulut ramasser l'homme, mais, dès qu'il l'eut mis debout, le paysan perdit de nouveau l'équilibre, puis se mit à vociférer qu'il avait la jambe cassée, l'autre, la bonne, la bonne!

C'était vrai. On courut chercher un médecin. Ce fut justement celui qui avait soigné Pavilly chez maître Le Harivau.

— Comment, c'est encore vous? dit-il.

— Oui, m'sieu.

— Qu'est-ce que vous avez?

— L'autre qu'on m'a cassée itou, m'sieu l'docteur.

— Qu'est-ce qui vous a fait ça, mon vieux?

— Une femelle donc.

Tout le monde écoutait. Les filles en peignoir, en cheveux, la bouche encore grasse du dîner interrompu, madame furieuse, monsieur inquiet.

— Ça va faire une vilaine histoire, dit le médecin. Vous savez que la municipalité vous voit d'un mauvais œil. Il faudrait tâcher qu'on ne parlât point de cette affaire-là.

— Comment faire? demanda monsieur.

— Mais, le mieux, serait d'envoyer cet homme à l'hôpital, d'où il sort, d'ailleurs, et de payer son traitement.

Monsieur répondit:

— J'aime encore mieux ça que d'avoir des histoires.

Donc Pavilly, une demi-heure après, rentrait ivre et geignant dans le dortoir d'où il était sorti une heure plus tôt.

La supérieure leva les bras, affligée, car elle l'aimait, et souriante, car il ne lui déplaisait pas de le revoir.

— Eh bien! mon brave, qu'est-ce que vous avez?

— L'autre jambe cassée, madame la bonne sœur.

— Ah! vous êtes donc encore monté sur une voiture de paille, vieux farceur?

Et Pavilly, confus et sournois, balbutia :

— Non... non... Pas cette fois... pas cette fois...
Non... non... C'est point d'ma faute, point d'ma
faute... C'est une paillasse qu'en est cause.

Elle ne put en tirer d'autre explication et ne sut
jamais que cette rechute était due à ses vingt-cinq
francs.

vous dépeindrai point la vie abominable de ces deux
êtres, et la douleur horrible de cette jeune femme.

Il me suffira pour vous convaincre de vous lire
quelques fragments d'un journal écrit chaque jour
par ce pauvre homme, par ce pauvre fou. Car c'est
en face d'un fou que nous nous trouvons, messieurs,
et le cas est d'autant plus curieux, d'autant plus intéressant qu'il rappelle en beaucoup de points la
démence du malheureux prince mort récemment[1],
du roi bizarre qui régna platoniquement[2] sur la
Bavière. J'appellerai ce cas : la folie poétique.

Vous vous rappelez tout ce qu'on raconta de ce
prince étrange. Il fit construire au milieu des pay-
sages les plus magnifiques de son royaume de vrais
châteaux de féerie. La réalité même de la beauté des
choses et des lieux ne lui suffisant pas, il imagina, il
créa, dans ces manoirs invraisemblables, des hori-
zons factices, obtenus au moyen d'artifices de
théâtre, des changements à vue, des forêts peintes,
des empires de contes où les feuilles des arbres
étaient des pierres précieuses. Il eut des Alpes et des
glaciers, des steppes, des déserts de sable brûlés par
le soleil ; et, la nuit, sous les rayons de la vraie lune,
des lacs qu'éclairaient par-dessous de fantastiques
lueurs électriques. Sur ces lacs nageaient des cygnes
et glissaient des nacelles, tandis qu'un orchestre,
composé des premiers exécutants du monde, eni-
vrait de poésie l'âme du fou royal.

Cet homme était chaste, cet homme était vierge. Il
n'aima jamais qu'un rêve, son rêve, son rêve divin.

Un soir, il emmena dans sa barque une femme,
jeune, belle, une grande artiste et il la pria de chanter[3]. Elle chanta, grisée elle-même par l'admirable
paysage, par la douceur tiède de l'air, par le parfum

des fleurs et par l'extase de ce prince jeune et beau.

Elle chanta, comme chantent les femmes que touche l'amour, puis, éperdue, frémissante, elle tomba sur le cœur du roi en cherchant ses lèvres.

Mais il la jeta dans le lac, et prenant ses rames gagna la berge, sans s'inquiéter si on la sauvait.

Nous nous trouvons, messieurs les juges, devant un cas tout à fait semblable. Je ne ferai plus que lire maintenant des passages du journal que nous avons surpris dans un tiroir du secrétaire.

- -

Comme tout est triste et laid, toujours pareil, toujours odieux. Comme je rêve une terre plus belle, plus noble, plus variée. Comme elle serait pauvre l'imagination de leur Dieu, si leur Dieu existait ou s'il n'avait pas créé d'autres choses, ailleurs.

Toujours des bois, de petits bois, des fleuves qui ressemblent aux fleuves, des plaines qui ressemblent aux plaines, tout est pareil et monotone. Et l'homme!... L'homme?... Quel horrible animal, méchant, orgueilleux et répugnant.

. . . .

Il faudrait aimer, aimer éperdument, sans voir ce qu'on aime. Car voir c'est comprendre, et comprendre c'est mépriser. Il faudrait aimer, en s'enivrant d'elle comme on se grise de vin, de façon à ne plus savoir ce qu'on boit. Et boire, boire, boire, sans reprendre haleine, jour et nuit!

- -

J'ai trouvé, je crois. Elle a dans toute sa personne quelque chose d'idéal qui ne semble point de ce monde et qui donne des ailes à mon rêve. Ah! mon rêve, comme il me montre les êtres différents de ce qu'ils sont! Elle est blonde, d'un blond léger avec des cheveux qui ont des nuances inexprimables. Ses yeux sont bleus! Seuls les yeux bleus emportent mon âme. Toute la femme, la femme qui existe au fond de mon cœur, m'apparaît dans l'œil, rien que dans l'œil.

Oh! mystère! Quel mystère? L'œil?... Tout l'univers est en lui, puisqu'il le voit, puisqu'il le reflète. Il contient l'univers, les choses et les êtres, les forêts et les océans, les hommes et les bêtes, les couchers de soleil, les étoiles, les arts, tout, tout, il voit, cueille et emporte tout; et il y a plus encore en lui, il y a l'âme, il y a l'homme qui pense, l'homme qui aime, l'homme qui rit, l'homme qui souffre! Oh! regardez les yeux bleus des femmes, ceux qui sont profonds comme la mer, changeants comme le ciel, si doux, si doux, doux comme les brises, doux comme la musique, doux comme des baisers[1], et transparents, si clairs qu'on voit derrière, on voit l'âme, l'âme bleue qui les colore, qui les anime, qui les divinise.

Oui, l'âme a la couleur du regard. L'âme bleue seule porte en elle du rêve, elle a pris son azur aux flots et à l'espace.

L'œil[2]! Songez à lui! L'œil! Il boit la vie apparente pour en nourrir la pensée. Il boit le monde, la couleur, le mouvement, les livres, les tableaux, tout ce qui est beau et tout ce qui est laid, et il en fait des idées. Et quand il nous regarde, il nous donne la sensation d'un bonheur qui n'est point de cette terre. Il nous fait pressentir ce que nous ignorerons toujours; il nous fait comprendre que les réalités de nos songes sont de méprisables ordures . . . .
. . . .

Je l'aime aussi pour sa démarche.

« Même quand l'oiseau marche on sent qu'il a des ailes », a dit le poète[3].

Quand elle passe on sent qu'elle est d'une autre race que les femmes ordinaires, d'une race plus légère et plus divine. . . . .

. . . .
Je l'épouse demain... J'ai peur... j'ai peur de tant de choses . . . .

. . . .
Deux bêtes, deux chiens, deux loups, deux renards, rôdent par les bois et se rencontrent. L'un est mâle, l'autre femelle. Ils s'accouplent. Ils s'accouplent par un instinct bestial qui les force à continuer la race, leur race, celle dont ils ont la forme, le poil, la taille, les mouvements et les habitudes.

Toutes les bêtes en font autant, sans savoir pourquoi !

Nous aussi. . . . .

. . . .
C'est cela que j'ai fait en l'épousant, j'ai obéi à cet imbécile emportement qui nous jette vers la femelle.

Elle est ma femme. Tant que je l'ai idéalement désirée elle fut pour moi le rêve irréalisable près de se réaliser. À partir de la seconde même où je l'ai tenue dans mes bras elle ne fut plus que l'être dont la nature s'était servie pour tromper toutes mes espérances.

Les a-t-elle trompées ? — Non. Et pourtant je suis las d'elle, las à ne pouvoir la toucher, l'effleurer de ma main ou de mes lèvres sans que mon cœur soit soulevé par un dégoût inexprimable, non peut-être le dégoût d'elle, mais un dégoût plus haut, plus grand, plus méprisant, le dégoût de l'étreinte amoureuse, si vile, qu'elle est devenue, pour tous les êtres affinés, un acte honteux qu'il faut cacher, dont on ne parle qu'à voix basse, en rougissant[1] . . . .

. . . .
Je ne peux plus voir ma femme venir vers moi,
m'appelant du sourire, du regard et des bras. Je ne
peux plus. J'ai cru jadis que son baiser m'emporte-
rait dans le ciel. Elle fut souffrante, un jour, d'une
fièvre passagère, et je sentis dans son haleine le
souffle léger, subtil, presque insaisissable des pourri-
tures humaines. Je fus bouleversé !

Oh ! la chair, fumier séduisant et vivant, putréfac-
tion qui marche, qui pense, qui parle, qui regarde et
qui sourit, où les nourritures fermentent et qui est
rose, jolie, tentante, trompeuse comme l'âme . . . .

. . . .
Pourquoi les fleurs, seules, sentent-elles si bon, les
grandes fleurs éclatantes ou pâles, dont les tons, les
nuances font frémir mon cœur et troublent mes
yeux. Elles sont si belles, de structures si fines, si
variées et si sensuelles, entrouvertes comme des
organes, plus tentantes que des bouches, et creuses
avec des lèvres retournées, dentelées, charnues, pou-
drées d'une semence de vie qui, dans chacune,
engendre un parfum différent.

Elles se reproduisent, elles, elles seules, au monde,
sans souillure pour leur inviolable race, évaporant
autour d'elles l'encens divin de leur amour, la sueur
odorante de leurs caresses, l'essence de leurs corps
incomparables, de leurs corps parés de toutes les
grâces, de toutes les élégances, de toutes les formes,
qui ont la coquetterie de toutes les colorations et la
séduction enivrante de toutes les senteurs . . . . . .

. . . .

Fragments choisis, six mois plus tard.

... J'aime les fleurs, non point comme des fleurs, mais comme des êtres matériels et délicieux; je passe mes jours et mes nuits dans les serres où je les cache ainsi que les femmes des harems.

Qui connaît, hors moi, la douceur, l'affolement, l'extase frémissante, charnelle, idéale, surhumaine de ces tendresses; et ces baisers sur la chair rose, sur la chair rouge, sur la chair blanche miraculeusement différente, délicate, rare, fine, onctueuse des admirables fleurs.

J'ai des serres où personne ne pénètre que moi et celui qui en prend soin[1].

J'entre là comme on se glisse en un lieu de plaisir secret. Dans la haute galerie de verre, je passe d'abord entre deux foules de corolles fermées, entrouvertes ou épanouies qui vont en pente de la terre au toit. C'est le premier baiser qu'elles m'envoient.

Celles-là, ces fleurs-là, celles qui parent ce vestibule de mes passions mystérieuses sont mes servantes et non mes favorites.

Elles me saluent au passage de leur éclat changeant et de leurs fraîches exhalaisons. Elles sont mignonnes, coquettes, étagées sur huit rangs à droite et sur huit rangs à gauche, et si pressées qu'elles ont l'air de deux jardins venant jusqu'à mes pieds.

Mon cœur palpite, mon œil s'allume à les voir, mon sang s'agite dans mes veines, mon âme s'exalte, et mes mains déjà frémissent du désir de les toucher. Je passe. Trois portes sont fermées au fond de cette haute galerie. Je peux choisir. J'ai trois harems.

Mais j'entre le plus souvent chez les orchidées,

mes endormeuses préférées. Leur chambre est
basse, étouffante. L'air humide et chaud rend moite
la peau, fait haleter la gorge et trembler les doigts.
Elles viennent, ces filles étranges, de pays maréca-
geux, brûlants et malsains. Elles sont attirantes
comme des sirènes, mortelles comme des poisons,
admirablement bizarres, énervantes, effrayantes. En
voici qui semblent des papillons avec des ailes
énormes, des pattes minces, des yeux ! Car elles ont
des yeux ! Elles me regardent, elles me voient, êtres
prodigieux, invraisemblables, fées, filles de la terre
sacrée, de l'air impalpable et de la chaude lumière,
cette mère du monde. Oui, elles ont des ailes, et des
yeux et des nuances qu'aucun peintre n'imite, tous
les charmes, toutes les grâces, toutes les formes
qu'on peut rêver. Leur flanc se creuse, odorant et
transparent, ouvert pour l'amour et plus tentant que
toute la chair des femmes. Les inimaginables dessins
de leurs petits corps jettent l'âme grisée dans le paradis des images et des voluptés idéales. Elles
tremblent sur leurs tiges comme pour s'envoler.
Vont-elles s'envoler, venir à moi ? Non, c'est mon
cœur qui vole au-dessus d'elles comme un mâle mystique et torturé d'amour.

Aucune aile de bête ne peut les effleurer. Nous
sommes seuls, elles et moi, dans la prison claire que
je leur ai construite. Je les regarde et je les
contemple, je les admire, je les adore l'une après
l'autre.

Comme elles sont grasses, profondes, roses, d'un
rose qui mouille les lèvres de désir ! Comme je les
aime ! Le bord de leur calice est frisé, plus pâle que
leur gorge et la corolle s'y cache, bouche mystérieuse, attirante, sucrée sous la langue, montrant et

dérobant les organes délicats, admirables et sacrés de ces divines petites créatures qui sentent bon et ne parlent pas.

J'ai parfois pour une d'elles une passion qui dure autant que son existence, quelques jours, quelques soirs. On l'enlève alors de la galerie commune et on l'enferme dans un mignon cabinet de verre où murmure un fil d'eau contre un lit de gazon tropical venu des îles du grand Pacifique. Et je reste près d'elle, ardent, fiévreux et tourmenté, sachant sa mort si proche, et la regardant se faner, tandis que je la possède, que j'aspire, que je bois, que je cueille sa courte vie d'une inexprimable caresse.

. . . .

Lorsqu'il eut terminé la lecture de ces fragments, l'avocat reprit :

« La décence, messieurs les juges, m'empêche de continuer à vous communiquer les singuliers aveux de ce fou honteusement idéaliste. Les quelques fragments que je viens de vous soumettre vous suffiront, je crois, pour apprécier ce cas de maladie mentale, moins rare qu'on ne croit dans notre époque de démence hystérique[1] et de décadence corrompue.

« Je pense donc que ma cliente est plus autorisée qu'aucune autre femme à réclamer le divorce, dans la situation exceptionnelle où la place l'étrange égarement des sens de son mari. »

Qui sait ?

I

Mon Dieu! Mon Dieu! Je vais donc écrire enfin ce qui m'est arrivé! Mais le pourrai-je? l'oserai-je? cela est si bizarre, si inexplicable, si incompréhensible, si fou!

Si je n'étais sûr de ce que j'ai vu, sûr qu'il n'y a eu, dans mes raisonnements, aucune défaillance, aucune erreur dans mes constatations, pas de lacune dans la suite inflexible de mes observations, je me croirais un simple halluciné, le jouet d'une étrange vision. Après tout, qui sait?

Je suis aujourd'hui dans une maison de santé; mais j'y suis entré volontairement, par prudence, par peur! Un seul être connaît mon histoire. Le médecin d'ici. Je vais l'écrire. Je ne sais trop pourquoi. Pour m'en débarrasser, car je la sens en moi comme un intolérable cauchemar.

La voici :

J'ai toujours été un solitaire, un rêveur, une sorte de philosophe isolé, bienveillant, content de peu, sans aigreur contre les hommes et sans rancune contre le ciel. J'ai vécu seul, sans cesse, par suite d'une sorte de gêne qu'insinue en moi la présence des autres. Comment expliquer cela? Je ne le pourrais. Je ne refuse pas de voir le monde, de causer, de dîner avec des amis, mais lorsque je les sens depuis longtemps près de moi, même les plus familiers, ils me lassent, me fatiguent, m'énervent, et j'éprouve une envie grandissante, harcelante, de les voir partir ou de m'en aller, d'être seul.

Cette envie est plus qu'un besoin, c'est une nécessité irrésistible. Et si la présence des gens avec qui je me trouve continuait, si je devais, non pas écouter, mais entendre longtemps encore leurs conversations, il m'arriverait, sans aucun doute, un accident. Lequel? Ah! qui sait? Peut-être une simple syncope? oui! probablement!

J'aime tant être seul que je ne puis même supporter le voisinage d'autres êtres dormant sous mon toit; je ne puis habiter Paris parce que j'y agonise indéfiniment. Je meurs moralement, et suis aussi supplicié dans mon corps et dans mes nerfs par cette immense foule qui grouille, qui vit autour de moi, même quand elle dort. Ah! le sommeil des autres m'est plus pénible encore que leur parole. Et je ne peux jamais me reposer, quand je sais, quand je sens, derrière un mur, des existences interrompues par ces régulières éclipses de la raison.

Pourquoi suis-je ainsi! Qui sait? La cause en est peut-être fort simple: je me fatigue très vite de tout ce qui ne se passe pas en moi. Et il y a beaucoup de gens dans mon cas.

Nous sommes deux races sur la terre. Ceux qui ont besoin des autres, que les autres distraient, occupent, reposent, et que la solitude harasse, épuise, anéantit, comme l'ascension d'un terrible glacier ou la traversée du désert, et ceux que les autres, au contraire, lassent, ennuient, gênent, courbaturent, tandis que l'isolement les calme, les baigne de repos dans l'indépendance et la fantaisie de leur pensée.

En somme, il y a là un normal phénomène psychique. Les uns sont doués pour vivre en dehors, les autres pour vivre en dedans. Moi, j'ai l'attention extérieure courte et vite épuisée, et, dès qu'elle arrive à ses limites, j'en éprouve dans tout mon corps et dans toute mon intelligence, un intolérable malaise.

Il en est résulté que je m'attache, que je m'étais attaché beaucoup aux objets inanimés qui prennent, pour moi, une importance d'êtres, et que ma maison est devenue, était devenue, un monde où je vivais d'une vie solitaire et active, au milieu de choses, de meubles, de bibelots familiers, sympathiques à mes yeux comme des visages. Je l'en avais emplie peu à peu, je l'en avais parée, et je me sentais dedans, content, satisfait, bien heureux comme entre les bras d'une femme aimable dont la caresse accoutumée est devenue un calme et doux besoin.

J'avais fait construire cette maison dans un beau jardin qui l'isolait des routes, et à la porte d'une ville où je pouvais trouver, à l'occasion, les ressources de société dont je sentais, par moments, le désir. Tous mes domestiques couchaient dans un bâtiment éloigné, au fond du potager, qu'entourait un grand mur. L'enveloppement obscur des nuits, dans le silence de ma demeure perdue, cachée, noyée sous les feuilles des grands arbres, m'était si reposant et si bon, que j'hésitais chaque soir, pendant plusieurs heures, à me mettre au lit pour le savourer plus longtemps.

Ce jour-là, on avait joué *Sigurd*[1] au théâtre de la ville. C'était la première fois que j'entendais ce beau drame musical et féerique, et j'y avais pris un vif plaisir.

Je revenais à pied, d'un pas allègre, la tête pleine de phrases sonores, et le regard hanté par de jolies visions. Il faisait noir, noir, mais noir au point que je distinguais à peine la grande route, et que je faillis, plusieurs fois, culbuter dans le fossé. De l'octroi chez moi, il y a un kilomètre environ, peut-être un peu plus, soit vingt minutes de marche lente. Il était une heure du matin, une heure ou une heure et demie ; le ciel s'éclaircit un peu devant moi et le croissant parut, le triste croissant du dernier quartier de la lune. Le croissant du premier quartier, celui qui se lève à quatre ou cinq heures du soir, est clair, gai, frotté d'argent, mais celui qui se lève après minuit est rougeâtre, morne, inquiétant ; c'est le vrai croissant du Sabbat. Tous les noctambules ont dû faire cette remarque. Le premier, fût-il mince comme un fil, jette une petite lumière joyeuse qui réjouit le cœur, et dessine sur la terre des ombres nettes ; le dernier répand à peine une lueur mourante, si terne qu'elle ne fait presque pas d'ombres.

J'aperçus au loin la masse sombre de mon jardin, et je ne sais d'où me vint une sorte de malaise à l'idée d'entrer là-dedans. Je ralentis le pas. Il faisait très doux. Le gros tas d'arbres avait l'air d'un tombeau où ma maison était ensevelie.

J'ouvris ma barrière et je pénétrai dans la longue allée de sycomores, qui s'en allait vers le logis, arquée en voûte comme un haut tunnel, traversant des massifs opaques et contournant des gazons où les corbeilles de fleurs plaquaient, sous les ténèbres pâlies, des taches ovales aux nuances indistinctes.

En approchant de la maison, un trouble bizarre me saisit. Je m'arrêtai. On n'entendait rien. Il n'y avait pas dans les feuilles un souffle d'air. « Qu'est-ce que j'ai donc? » pensai-je. Depuis dix ans je rentrais ainsi sans que jamais la moindre inquiétude m'eût effleuré. Je n'avais pas peur. Je n'ai jamais eu peur, la nuit. La vue d'un homme, d'un maraudeur, d'un voleur m'aurait jeté une rage dans le corps, et j'aurais sauté dessus sans hésiter. J'étais armé, d'ailleurs. J'avais mon revolver. Mais je n'y touchai point, car je voulais résister à cette influence de crainte qui germait en moi.

Qu'était-ce? Un pressentiment? Le pressentiment mystérieux qui s'empare des sens des hommes quand ils vont voir de l'inexplicable? Peut-être? Qui sait?

À mesure que j'avançais, j'avais dans la peau des tressaillements, et quand je fus devant le mur, aux auvents clos, de ma vaste demeure, je sentis qu'il me faudrait attendre quelques minutes avant d'ouvrir la porte et d'entrer dedans. Alors, je m'assis sur un banc, sous les fenêtres de mon salon. Je restai là, un peu vibrant, la tête appuyée contre la muraille, les yeux ouverts sur l'ombre des feuillages. Pendant ces premiers instants, je ne remarquai rien d'insolite autour de moi. J'avais dans les oreilles quelques ronflements; mais cela m'arrive souvent. Il me semble parfois que j'entends passer des trains, que j'entends sonner des cloches, que j'entends marcher une foule.

Puis bientôt, ces ronflements devinrent plus distincts, plus précis, plus reconnaissables. Je m'étais trompé. Ce n'était pas le bourdonnement ordinaire de mes artères qui mettait dans mes oreilles ces rumeurs, mais un bruit très particulier, très confus cependant, qui venait, à n'en point douter, de l'intérieur de ma maison.

Je le distinguais à travers le mur, ce bruit continu,

plutôt une agitation qu'un bruit, un remuement vague d'un tas de choses, comme si on eût secoué, déplacé, traîné doucement tous mes meubles.

Oh! je doutai, pendant un temps assez long encore, de la sûreté de mon oreille. Mais l'ayant collée contre un auvent pour mieux percevoir ce trouble étrange de mon logis, je demeurai convaincu, certain, qu'il se passait chez moi quelque chose d'anormal et d'incompréhensible. Je n'avais pas peur, mais j'étais... comment exprimer cela... effaré d'étonnement. Je n'armai pas mon revolver — devinant fort bien que je n'en avais nul besoin. J'attendis.

J'attendis longtemps, ne pouvant me décider à rien, l'esprit lucide, mais follement anxieux. J'attendis, debout, écoutant toujours le bruit qui grandissait, qui prenait, par moments, une intensité violente, qui semblait devenir un grondement d'impatience, de colère, d'émeute mystérieuse.

Puis soudain, honteux de ma lâcheté, je saisis mon trousseau de clefs, je choisis celle qu'il me fallait, je l'enfonçai dans la serrure, je la fis tourner deux fois, et poussant la porte de toute ma force, j'envoyai le battant heurter la cloison.

Le coup sonna comme une détonation de fusil, et voilà qu'à ce bruit d'explosion répondit, du haut en bas de ma demeure, un formidable tumulte. Ce fut si subit, si terrible, si assourdissant que je reculai de quelques pas, et que, bien que le sentant toujours inutile, je tirai de sa gaine mon revolver.

J'attendis encore, oh! peu de temps. Je distinguais, à présent, un extraordinaire piétinement sur les marches de mon escalier, sur les parquets, sur les tapis, un piétinement, non pas de chaussures, de

souliers humains, mais de béquilles, de béquilles de
bois et de béquilles de fer qui vibraient comme des
cymbales. Et voilà que j'aperçus tout à coup, sur le
seuil de ma porte, un fauteuil, mon grand fauteuil de
lecture, qui sortait en se dandinant. Il s'en alla par le
jardin. D'autres le suivaient, ceux de mon salon, puis
les canapés bas et se traînant comme des crocodiles
sur leurs courtes pattes, puis toutes mes chaises,
avec des bonds de chèvres, et les petits tabourets qui
trottaient comme des lapins.

Oh! quelle émotion! Je me glissai dans un massif
où je demeurai accroupi, contemplant toujours ce
défilé de mes meubles, car ils s'en allaient tous, l'un
derrière l'autre, vite ou lentement, selon leur taille et
leur poids. Mon piano, mon grand piano à queue,
passa avec un galop de cheval emporté et un murmure de musique dans le flanc, les moindre objets
glissaient sur le sable comme des fourmis, les
brosses, les cristaux, les coupes, où le clair de lune
accrochait des phosphorescences de vers luisants.
Les étoffes rampaient, s'étalaient en flaques à la
façon des pieuvres de la mer. Je vis paraître mon
bureau, un rare bibelot du dernier siècle, et qui
contenait toutes les lettres que j'ai reçues, toute l'histoire de mon cœur, une vieille histoire dont j'ai tant
souffert! Et dedans étaient aussi des photographies.

Soudain, je n'eus plus peur, je m'élançai sur lui et
je le saisis comme on saisit un voleur, comme on saisit une femme qui fuit; mais il allait d'une course
irrésistible, et malgré mes efforts, et malgré ma
colère, je ne pus même ralentir sa marche. Comme
je résistais en désespéré à cette force épouvantable,
je m'abattis par terre en luttant contre lui. Alors, il
me roula, me traîna sur le sable, et déjà les meubles,

qui le suivaient, commençaient à marcher sur moi, piétinant mes jambes et les meurtrissant ; puis, quand je l'eus lâché, les autres passèrent sur mon corps ainsi qu'une charge de cavalerie sur un soldat démonté.

Fou d'épouvante enfin, je pus me traîner hors de la grande allée et me cacher de nouveau dans les arbres, pour regarder disparaître les plus infimes objets, les plus petits, les plus modestes, les plus ignorés de moi, qui m'avaient appartenu.

Puis j'entendis, au loin, dans mon logis sonore à présent comme les maisons vides, un formidable bruit de portes refermées. Elles claquèrent du haut en bas de la demeure, jusqu'à ce que celle du vestibule que j'avais ouverte moi-même, insensé, pour ce départ, se fût close, enfin, la dernière.

Je m'enfuis aussi, courant vers la ville, et je ne repris mon sang-froid que dans les rues, en rencontrant des gens attardés. J'allai sonner à la porte d'un hôtel où j'étais connu. J'avais battu, avec mes mains, mes vêtements, pour en détacher la poussière, et je racontai que j'avais perdu mon trousseau de clefs, qui contenait aussi celle du potager, où couchaient mes domestiques en une maison isolée, derrière le mur de clôture qui préservait mes fruits et mes légumes de la visite des maraudeurs.

Je m'enfonçai jusqu'aux yeux dans le lit qu'on me donna. Mais je ne pus dormir, et j'attendis le jour en écoutant bondir mon cœur. J'avais ordonné qu'on prévînt mes gens dès l'aurore, et mon valet de chambre heurta ma porte à sept heures du matin.

Son visage semblait bouleversé.

— Il est arrivé cette nuit un grand malheur, monsieur, dit-il.

— Quoi donc?

— On a volé tout le mobilier de monsieur, tout, tout, jusqu'aux plus petits objets.

Cette nouvelle me fit plaisir. Pourquoi? Qui sait? J'étais fort maître de moi, sûr de dissimuler, de ne rien dire à personne de ce que j'avais vu, de le cacher, de l'enterrer dans ma conscience comme un effroyable secret. Je répondis :

— Alors, ce sont les mêmes personnes qui m'ont volé mes clefs. Il faut prévenir tout de suite la police. Je me lève et je vous y rejoindrai dans quelques instants.

L'enquête dura cinq mois. On ne découvrit rien, on ne trouva ni le plus petit de mes bibelots, ni la plus légère trace des voleurs. Parbleu! Si j'avais dit ce que je savais... Si je l'avais dit... on m'aurait enfermé, moi, pas les voleurs, mais l'homme qui avait pu voir une pareille chose.

Oh! je sus me taire. Mais je ne remeublai pas ma maison. C'était bien inutile. Cela aurait recommencé toujours. Je n'y voulais plus rentrer. Je n'y rentrai pas. Je ne la revis point.

Je vins à Paris, à l'hôtel, et je consultai des médecins sur mon état nerveux qui m'inquiétait beaucoup depuis cette nuit déplorable.

Ils m'engagèrent à voyager. Je suivis leur conseil[1].

II

Je commençai par une excursion en Italie. Le
soleil me fit du bien. Pendant six mois, j'errai de
Gênes à Venise, de Venise à Florence, de Florence à
Rome, de Rome à Naples. Puis je parcourus la Sicile,
terre admirable par sa nature et ses monuments,
reliques laissées par les Grecs et les Normands. Je
passai en Afrique, je traversai pacifiquement ce
grand désert jaune et calme, où errent des cha-
meaux, des gazelles et des Arabes vagabonds, où,
dans l'air léger et transparent, ne flotte aucune han-
tise, pas plus la nuit que le jour[1].

Je rentrai en France par Marseille, et malgré la
gaieté provençale, la lumière diminuée du ciel
m'attrista. Je ressentis, en revenant sur le continent,
l'étrange impression d'un malade qui se croit guéri
et qu'une douleur sourde prévient que le foyer du
mal n'est pas éteint.

Puis je revins à Paris. Au bout d'un mois, je m'y
ennuyai. C'était à l'automne, et je voulus faire, avant
l'hiver, une excursion à travers la Normandie, que je
ne connaissais pas.

Je commençai par Rouen, bien entendu, et pendant huit jours, j'errai distrait, ravi, enthousiasmé,

dans cette ville du moyen âge, dans ce surprenant musée d'extraordinaires monuments gothiques.

Or, un soir, vers quatre heures, comme je m'engageais dans une rue invraisemblable où coule une rivière noire comme de l'encre nommée « Eau de Robec », mon attention, toute fixée sur la physionomie bizarre et antique des maisons, fut détournée tout à coup par la vue d'une série de boutiques de brocanteurs qui se suivaient de porte en porte.

Ah! ils avaient bien choisi leur endroit, ces sordides trafiquants de vieilleries, dans cette fantastique ruelle, au-dessus de ce cours d'eau sinistre, sous ces toits pointus de tuiles et d'ardoises où grinçaient encore les girouettes du passé!

Au fond des noirs magasins, on voyait s'entasser les bahuts sculptés, les faïences de Rouen, de Nevers, de Moustiers, des statues peintes, d'autres en chêne, des Christ, des vierges, des saints, des ornements d'église, des chasubles, des chapes, même des vases sacrés et un vieux tabernacle en bois doré d'où Dieu avait déménagé. Oh! les singulières cavernes en ces hautes maisons, en ces grandes maisons, pleines, des caves aux greniers, d'objets de toute nature, dont l'existence semblait finie, qui survivaient à leurs naturels possesseurs, à leur siècle, à leur temps, à leurs modes, pour être achetés, comme curiosités, par les nouvelles générations.

Ma tendresse pour les bibelots se réveillait dans cette cité d'antiquaires. J'allais de boutique en boutique, traversant, en deux enjambées, les ponts de quatre planches pourries jetées sur le courant nauséabond de l'Eau de Robec.

Miséricorde! Quelle secousse! Une de mes plus belles armoires m'apparut au bord d'une voûte

encombrée d'objets et qui semblait l'entrée des cata-
combes d'un cimetière de meubles anciens. Je
m'approchai tremblant de tous mes membres, tremblant tellement que je n'osais pas la toucher. J'avançais la main, j'hésitais. C'était bien elle, pourtant :
une armoire Louis XIII unique, reconnaissable par
quiconque avait pu la voir une seule fois. Jetant soudain les yeux un peu plus loin, vers les profondeurs
plus sombres de cette galerie, j'aperçus trois de mes
fauteuils couverts de tapisserie au petit point, puis,
plus loin encore, mes deux tables Henri II, si rares
qu'on venait les voir de Paris.

Songez ! songez à l'état de mon âme !

Et j'avançai, perclus, agonisant d'émotion, mais
j'avançai, car je suis brave, j'avançai comme un che-
valier des époques ténébreuses pénétrait en un
séjour de sortilèges. Je retrouvais, de pas en pas, tout
ce qui m'avait appartenu, mes lustres, mes livres,
mes tableaux, mes étoffes, mes armes, tout, sauf le
bureau plein de mes lettres, et que je n'aperçus
point.

J'allais, descendant à des galeries obscures pour
remonter ensuite aux étages supérieurs. J'étais seul.
J'appelais, on ne répondait point. J'étais seul ; il n'y
avait personne en cette maison vaste et tortueuse
comme un labyrinthe.

La nuit vint, et je dus m'asseoir, dans les ténèbres,
sur une de mes chaises, car je ne voulais point m'en
aller. De temps en temps je criais : — Holà ! holà !
quelqu'un !

J'étais là, certes, depuis plus d'une heure quand
j'entendis des pas, des pas légers, lents, je ne sais où.
Je faillis me sauver ; mais, me raidissant, j'appelai de
nouveau, et, j'aperçus une lueur dans la chambre
voisine.

— Qui est là ? dit une voix.

Je répondis :

— Un acheteur.

On répliqua :

— Il est bien tard pour entrer ainsi dans les boutiques.

Je repris :

— Je vous attends depuis plus d'une heure.

— Vous pouviez revenir demain.

— Demain, j'aurai quitté Rouen.

Je n'osais point avancer, et il ne venait pas. Je voyais toujours la lueur de sa lumière éclairant une tapisserie où deux anges volaient au-dessus des morts d'un champ de bataille. Elle m'appartenait aussi. Je dis :

— Eh bien ! Venez-vous ?

Il répondit :

— Je vous attends.

Je me levai et j'allai vers lui.

Au milieu d'une grande pièce était un tout petit homme, tout petit et très gros, gros comme un phénomène, un hideux phénomène.

Il avait une barbe rare, aux poils inégaux, clairsemés et jaunâtres, et pas un cheveu sur la tête ! Pas un cheveu ! Comme il tenait sa bougie élevée à bout de bras pour m'apercevoir, son crâne m'apparut comme une petite lune dans cette vaste chambre encombrée de vieux meubles. La figure était ridée et bouffie, les yeux imperceptibles.

Je marchandai trois chaises qui étaient à moi, et les payai sur-le-champ une grosse somme, en donnant simplement le numéro de mon appartement à l'hôtel. Elles devaient être livrées le lendemain avant neuf heures.

Puis je sortis. Il me reconduisit jusqu'à sa porte avec beaucoup de politesse.

Je me rendis ensuite chez le commissaire central de la police, à qui je racontai le vol de mon mobilier et la découverte que je venais de faire.

Il demanda séance tenante des renseignements par télégraphe au parquet qui avait instruit l'affaire de ce vol, en me priant d'attendre la réponse. Une heure plus tard, elle lui parvint tout à fait satisfaisante pour moi.

— Je vais faire arrêter cet homme et l'interroger tout de suite, me dit-il, car il pourrait avoir conçu quelque soupçon et faire disparaître ce qui vous appartient. Voulez-vous aller dîner et revenir dans deux heures, je l'aurai ici et je lui ferai subir un nouvel interrogatoire devant vous.

— Très volontiers, monsieur. Je vous remercie de tout mon cœur.

J'allai dîner à mon hôtel, et je mangeai mieux que je n'aurais cru. J'étais assez content tout de même. On le tenait.

Deux heures plus tard, je retournai chez le fonctionnaire de la police qui m'attendait.

— Eh bien! monsieur, me dit-il en m'apercevant. On n'a pas trouvé votre homme. Mes agents n'ont pu mettre la main dessus.

Ah! Je me sentis défaillir.

— Mais... Vous avez bien trouvé sa maison? demandai-je.

— Parfaitement. Elle va même être surveillée et gardée jusqu'à son retour. Quant à lui, disparu.

— Disparu?

— Disparu. Il passe ordinairement ses soirées chez sa voisine, une brocanteuse aussi, une drôle de sorcière, la veuve Bidoin. Elle ne l'a pas vu ce soir et ne peut donner sur lui aucun renseignement. Il faut attendre demain.

Je m'en allai. Ah! que les rues de Rouen me semblèrent sinistres, troublantes, hantées.

Je dormis si mal, avec des cauchemars à chaque bout de sommeil.

Comme je ne voulais pas paraître trop inquiet ou pressé, j'attendis dix heures, le lendemain, pour me rendre à la police.

Le marchand n'avait pas reparu. Son magasin demeurait fermé.

Le commissaire me dit :

— J'ai fait toutes les démarches nécessaires. Le parquet est au courant de la chose ; nous allons aller ensemble à cette boutique et la faire ouvrir, vous m'indiquerez tout ce qui est à vous.

Un coupé nous emporta. Des agents stationnaient, avec un serrurier, devant la porte de la boutique, qui fut ouverte.

Je n'aperçus, en entrant, ni mon armoire, ni mes fauteuils, ni mes tables, ni rien, rien, de ce qui avait meublé ma maison, mais rien, alors que la veille au soir je ne pouvais faire un pas sans rencontrer un de mes objets.

Le commissaire central, surpris, me regarda d'abord avec méfiance.

— Mon Dieu, monsieur, lui dis-je, la disparition de ces meubles coïncide étrangement avec celle du marchand.

Il sourit :

— C'est vrai ! Vous avez eu tort d'acheter et de payer des bibelots à vous, hier. Cela lui a donné l'éveil.

Je repris :

— Ce qui me paraît incompréhensible, c'est que toutes les places occupées par mes meubles sont maintenant remplies par d'autres.

— Oh! répondit le commissaire, il a eu toute la nuit, et des complices sans doute. Cette maison doit communiquer avec les voisines. Ne craignez rien, monsieur, je vais m'occuper très activement de cette affaire. Le brigand ne nous échappera pas longtemps puisque nous gardons la tanière.

. . . .

Ah! mon cœur, mon cœur, mon pauvre cœur, comme il battait!

. . . .

Je demeurai quinze jours à Rouen. L'homme ne revint pas. Parbleu! parbleu! Cet homme-là qui est-ce qui aurait pu l'embarrasser ou le surprendre?

Or, le seizième jour, au matin, je reçus de mon jardinier, gardien de ma maison pillée et demeurée vide, l'étrange lettre que voici :

« MONSIEUR,

« J'ai l'honneur d'informer monsieur qu'il s'est passé, la nuit dernière, quelque chose que personne ne comprend, et la police pas plus que nous. Tous les meubles sont revenus, tous sans exception, tous, jusqu'aux plus petits objets. La maison est maintenant toute pareille à ce qu'elle était la veille du vol. C'est à en perdre la tête. Cela s'est fait dans la nuit de vendredi à samedi. Les chemins sont défoncés comme si on avait traîné tout de la barrière à la porte. Il en était ainsi le jour de la disparition.

« Nous attendons monsieur, dont je suis le très humble serviteur.

                        « *Raudin, Philippe.* »

Ah! mais non, ah! mais non, ah! mais non. Je n'y retournerai pas!

Je portai la lettre au commissaire de Rouen.

— C'est une restitution très adroite, dit-il. Faisons les morts. Nous pincerons l'homme un de ces jours.

. . . .

Mais on ne l'a pas pincé. Non. Ils ne l'ont pas pincé, et j'ai peur de lui, maintenant, comme si c'était une bête féroce lâchée derrière moi.

Introuvable! il est introuvable, ce monstre à crâne de lune! On ne le prendra jamais. Il ne reviendra point chez lui. Que lui importe à lui. Il n'y a que moi qui peux le rencontrer, et je ne veux pas.

Je ne veux pas! je ne veux pas! je ne veux pas!

Et s'il revient, s'il rentre dans sa boutique, qui pourra prouver que mes meubles étaient chez lui? Il n'y a contre lui que mon témoignage, et je sens bien qu'il devient suspect.

Ah! mais non! cette existence n'était plus possible. Et je ne pouvais pas garder le secret de ce que j'ai vu. Je ne pouvais pas continuer à vivre comme tout le monde avec la crainte que des choses pareilles recommençassent.

Je suis venu trouver le médecin qui dirige cette maison de santé, et je lui ai tout raconté.

Après m'avoir interrogé longtemps, il m'a dit :

— Consentiriez-vous, monsieur, à rester quelque temps ici?

— Très volontiers, monsieur.

— Vous avez de la fortune?

— Oui, monsieur.

— Voulez-vous un pavillon isolé?

— Oui, monsieur.

— Voudrez-vous recevoir des amis?

— Non, monsieur, non, personne. L'homme de Rouen pourrait oser, par vengeance, me poursuivre ici. . . . .

. . . .

Et je suis seul, seul, tout seul, depuis trois mois. Je suis tranquille à peu près. Je n'ai qu'une peur... Si l'antiquaire devenait fou... et si on l'amenait en cet asile... Les prisons elles-mêmes ne sont pas sûres...

DOSSIER

CHRONOLOGIE

(1850-1893)

1850. 5 août, naissance de Henry, René, Albert, Guy de Maupassant, fils de Gustave de Maupassant et Laure, née le Poittevin. On ne sait toujours pas si l'enfant est né à Fécamp ou au château de Miromesnil.

1854. Installation des Maupassant au château de Grainville-Ymauville, dans l'arrondissement du Havre.

1855. Lors de l'Exposition universelle qui réunit à Paris les objets de l'industrie et les œuvres de l'art, Courbet fait sécession et présente ses tableaux, refusés, dans un pavillon privé.

1856. Naissance de Hervé, frère de Guy.
Critique d'art proche de Courbet, Duranty publie *Le Réalisme*.

1857. Publications et procès des *Fleurs du mal* et de *Madame Bovary*.

1858. Parution française des *Récits d'un chasseur* de Tourgueniev.

1860. Séparation de Laure et de Gustave de Maupassant.
La mère de Guy demeure avec ses deux fils à Étretat.

1862. Publication de *Pères et fils* de Tourgueniev.

1863. Au Salon des Refusés, Manet expose l'*Olympia*.

1866. Guy fait brièvement la rencontre de Charles A. Swinburne à Étretat. Il en gardera le vif souvenir d'une atmosphère excentrique, étrange et sadienne.

1868. Guy lit *La Nouvelle Héloïse*.

1863-1868. Scolarité de Guy à l'institution ecclésiastique d'Yvetot.

1868-1869. Guy est interne à Rouen et voit de temps à autre Flaubert et Bouilhet, ses maîtres en écriture.

1869. Louis Bouilhet meurt le 18 juillet. Laure de Maupassant y voit l'une des raisons pour lesquelles son fils ne poursuivit pas ses efforts de poésie et se tourna vers la prose : Flaubert restait seul.

1870-1871. La guerre franco-prussienne s'ouvre en juillet; Guy est affecté à Rouen. Défaite de Sedan (septembre 1870), déchéance de l'Empire, proclamation de la République, la Commune de Paris (mars-mai 1871).

1872-1878. Guy est employé au ministère de la Marine puis au ministère de l'Instruction publique. Il y gagne modestement sa vie et canote tout le dimanche entre Bezons et Sartrouville.

1873. *Le Ventre de Paris* de Zola paraît en avril, *Une saison en enfer* de Rimbaud est imprimé sans être mis en librairie en octobre.
En mai, Manet expose *Le Bon Bock* au Salon.
Simultanément, Mac-Mahon dont les pouvoirs sont prorogés garantit l'« ordre moral ».

1874. Maupassant rencontre Edmond de Goncourt et Zola chez Flaubert qui publie *La Tentation de saint Antoine* en avril.

1875. *L'Almanach lorrain de Pont-à-Mousson* publie le premier conte de Maupassant, *La Main d'écorché*. Il est signé Joseph Prunier. La même année, Guy écrit et joue une pochade érotique qu'il dit « absolument lubrique » et qui fait bien rire Flaubert : *À la feuille de rose, maison turque*.

1876. Maupassant publie une étude sur *Balzac d'après ses lettres* dans *La Nation*. Il travaille sur des projets de théâtre et fréquente régulièrement Joris-K. Huysmans, Catulle Mendès, Émile Zola et Gustave Flaubert.

1877. Guy reçoit un exemplaire dédicacé des *Trois contes* de Flaubert. C'est l'année du dîner chez Trapp offert par Céard, Hennique, Huysmans, Alexis, Mirbeau et Maupassant en l'honneur de Flaubert, Goncourt et Zola.
Ces derniers publient respectivement *La fille Élisa* et *L'Assommoir*. En décembre, le plan d'*Une vie* est ébauché.

1879. En décembre, Maupassant est poursuivi par le parquet d'Étampes pour un poème, *Une fille*, publié par la *Revue moderne*. Il y rivalise avec la *Nana* de Zola.

1880. En avril, c'est la parution des *Soirées de Médan*. Flaubert est bouleversé par *Boule de suif*, la contribution de Guy : il y voit un chef-d'œuvre. Il meurt peu après, en mai.
Au cours de cette année, Guy lit notamment *Le Roman expérimental* de Zola et les *Pensées, maximes et fragments* de Schopenhauer traduits par Jean Bourdeau. Surtout, il publie *Des vers* en mai.

1881. Parution de *La Maison Tellier* chez Victor Havard, la critique est mitigée, le public très favorable. Tourgueniev la fait lire à Tolstoï.

1882. *Mademoiselle Fifi* est publié en mai. Huysmans publie *À vau-l'eau* en janvier. Maupassant voit régulièrement Jules Vallès.

1883. *Une vie* paraît chez Havard en avril ; *Les Contes de la bécasse* chez Rouveyre et Blond en juin ; *Clair de lune* en novembre chez Monnier.
Par ailleurs, les *Contes cruels* de Villiers de l'Isle-Adam sont

publiés en février, Huysmans fait paraître *L'Art moderne* et Paul Bourget le premier tome des *Essais de psychologie contemporaine*.

1884. *Au soleil* est publié par Victor Havard en janvier, *Miss Harriet* en avril, *Yvette* à l'automne. Maupassant préface les *Lettres de G. Flaubert à G. Sand*. Ollendorf fait paraître *Les Sœurs Rondoli* en juillet. Par ailleurs, Huysmans publie *À rebours*.

1885. *Jadis et Naguère* de Verlaine est imprimé en janvier, *Germinal* de Zola en mars. Le second tome des *Essais de psychologie contemporaine* paraît.

Ce même mois, *Les Contes du jour et de la nuit* paraissent chez Havard, qui publie *Bel-Ami* en mai. *Monsieur Parent* paraît chez Ollendorf en décembre.

Au printemps, Guy part en Italie et en Sicile.

Victor Hugo meurt le 22 mai.

Vers la fin de l'année, Guy commence de fréquenter la société dans laquelle il se lie aux futurs modèles de la Michèle de Burne de *Notre cœur* : Marie Kann, Hermine Lecomte de Noüy, la comtesse Potocka, Geveniève Strauss.

1886. Zola publie *L'Œuvre*. Maupassant rend compte du Salon de peinture pour les lecteurs du *XIXᵉ siècle*. *La Petite Roque* paraît chez Havard en mai. C'est l'année de la dernière exposition impressionniste ; Seurat expose *Un dimanche d'été à la Grande Jatte*.

Dans *Le Figaro*, en septembre, Moréas publie ce qu'on nomme désormais *Le Manifeste du symbolisme*.

1887. *Mont-Oriol* paraît chez Havard, *Le Horla* chez Ollendorf.

Le *Manifeste des Cinq* contre *La Terre* de Zola, paru cette même année, est signé : Bonnetain, Rosny, Descaves, Margueritte et Guiches. La crise du naturalisme est déclarée.

1888. Maupassant travaille sur l'*Étude du roman au XIXᵉ* alors que Edmond de Goncourt s'irrite de la préface sur « Le Roman » de *Pierre et Jean*, où il croit déceler des attaques personnelles. Ce roman, en effet, a été publié par Ollendorf en janvier ; en juin, Marpon et Flammarion publient *Sur l'eau* ; *Le Rosier de Mme Husson* paraît chez Quantin en octobre. En novembre, Maupassant fait un voyage à Tunis.

1889. Ollendorf publie *La Main gauche* en février, *Fort comme la mort* en mai. Hervé, le frère le Guy, est interné en août et meurt en novembre.

La tour Eiffel marque l'Exposition universelle... et Villiers de l'Isle-Adam meurt en août. Paul Bourget publie *Le Disciple*.

1890. Dans la tradition du récit de voyageur et suite aux nombreux périples qu'il a effectués, Guy publie *La Vie errante* chez Ollendorf en mars. Ce même éditeur publiera *Notre cœur* en juin.

L'Inutile Beauté paraît chez Havard en avril et au même moment, Maupassant refuse la parution de sa photographie dans la presse.

1891. Maupassant travaille à deux romans demeurés inachevés :
      L'Angélus et *L'Âme étrangère*. *L'Écho de Paris* publie ses *Notes sur
      Swinburne* dont les *Poèmes et ballades* sont traduits. La maladie
      gagne du terrain.
1892. Son état de santé empire et des symptômes psychotiques se
      déclarent (hallucinations, tentatives de suicide...). Il est interné à
      la clinique du docteur Blanche dès janvier.
1893. Guy de Maupassant meurt le 6 juillet des suites d'une syphilis
      diagnostiquée dès 1877 et qui occasionnait depuis les années 1870
      au moins de nombreux et pénibles maux de tête, douleurs car-
      diaques, affections dentaires et troubles oculaires. Tout au long de
      sa vie, Maupassant a oscillé entre santé et maladie, farces et fréné-
      sies d'une part, peurs et inquiétudes de l'autre.

INDICATIONS BIBLIOGRAPHIQUES

1. ŒUVRES COMPLÈTES :

Œuvres complètes de Guy de Maupassant en vingt-neuf volumes, édition Louis Conard, 1907-1910.

Œuvres complètes de Guy de Maupassant en quinze volumes, édition René Dumesnil, Librairie de France, 1934-1938.

Œuvres complètes de Guy de Maupassant en dix-sept volumes, édition Pascal Pia, Le Cercle du bibliophile.

2. CONTES ET NOUVELLES :

Contes et nouvelles, deux volumes, édition thématique Albert-Marie Schmidt, avec la collaboration de Gérard Delaisement, Albin Michel, 1964-1967.

Contes et nouvelles, deux volumes, édition chronologique Louis Forestier, préfacé par Armand Lanoux, bibliothèque de la Pléiade, Gallimard, 1974, t. 1 ; 1979, t. 2.

Dans l'édition Folio-Gallimard, *Une vie, Bel-Ami, Mont-Oriol, Pierre et Jean, Fort comme la mort, Boule de Suif, La Maison Tellier, Mademoiselle Fifi, Miss Harriet, Contes de la bécasse, Contes du jour et de la nuit, Le Horla, Monsieur Parent, La Petite Roque, Le Rosier de Madame Husson, Toine, Sur l'eau, Notre cœur.*

3. PARMI LES TEXTES DU JOURNALISTE :

Chroniques, 3 vol., édition Hubert Juin, *10-18, domaine français* (1980), 1993.

4. Pour la correspondance :

On consultera les trois tomes publiés par Jacques Suffel dans l'édition des *Œuvres complètes* du Cercle du bibliophile, Évreux, 1973, ainsi que la *Correspondance Flaubert-Maupassant*, édition d'Yvan Leclerc, Flammarion, 1993.

5. Parmi les éditions thématiques ou séparées, on retiendra celle où figure *L'Inutile Beauté* :

L'Inutile Beauté, édition originale chez Victor Havard, 1890.
L'Inutile Beauté, édition Louis Conard, tome 28, Paris, 1908.
La Parure et autres contes parisiens, édition Marie-Claire Bancquart, Garnier, 1984

6. Sur Maupassant :

Marie-Claire Bancquart, *Maupassant conteur fantastique*, Lettres modernes, 1976.
Micheline Besnard-Coursodon, *Étude thématique et structurale de l'œuvre de Maupassant : le piège*, Nizet, 1973.
Roger Brunetière, « Le Pessimisme dans le roman », *La Revue des Deux Mondes*, 1885, tome 70.
Roger Brunetière, « Les Nouvelles de Maupassant », *ibid.*, 1888, tome 89.
Charles Castella, *Structures romanesques et vision sociale chez Maupassant*, L'Âge d'homme, Lausanne, 1972.
Pierre Cogny, *Maupassant l'homme sans Dieu*, La Renaissance du Livre, Bruxelles, 1968.
L. Deffoux et E. Zavie, *Le Groupe de Médan*, Payot, 1920.
René Dumesnil, *Guy de Maupassant*, Tallandier, 1947.
Antonia Fonyi, Préfaces à *La Petite Roque et autres histoires criminelles* et à *Apparition et autres contes d'angoisse*, GF-Flammarion, 1987 et 1989.
Yves Fouye, *Maupassant et les Criminels*, Imprimerie commerciale, Rouen, 1952.
Marc Fumaroli, Préface de *À rebours*, Huysmans, Gallimard, Folio, 1977.

Marc Fumaroli, Préface à *Madame Gervaisais*, Goncourt, Folio, 1982.

Algirdas Julien Greimas, *Maupassant. La sémiotique du texte : exercices pratiques*, Seuil, 1976.

Armand Lanoux, *Maupassant le Bel-Ami*, Fayard, 1967.

Robert J. Niess, « Two Manuscripts of Maupassant : *Le Retour* and *Le Champ d'oliviers* », *French Studies*, VIII, 1954/2.

Jean Paris, « Maupassant et le contre-récit », in *Point aveugle, univers parallèles II, poésie, roman*, Seuil, 1975.

Allan H. Pasco, « The Evolution of Maupassant's supernatural stories », *Symposium*, XXIII, 1969/2.

Alberto Savinio, *Maupassant et l'Autre*, Gallimard, 1977.

Albert-Marie Schmidt, *Maupassant par lui-même*, « Écrivains de toujours », Seuil, 1962.

Edward Sullivan, *Maupassant the Novellist*, Princeton University Press, Princeton, 1954.

Edward Sullivan et Francis Steegmuller, *Maupassant : The Short Stories*, Edward Arnold Ltd., Londres, 1962.

André Vial, *Maupassant et l'Art du roman*, Nizet, 1954.

André Vial, *Faits et significations*, Nizet, 1973.

À cela, on ajoutera les deux numéros spéciaux de la revue *Europe* : juin 1969 et août septembre 1993, ainsi que le colloque de Cerisy, *Le Naturalisme*, dont les Actes sont publiés sous la direction de Pierre Cogny, *10/18*, 1978.

7. Pour *L'Inutile Beauté*, on peut également consulter :

Pierre-Georges Castex, *Le Conte fantastique en France de Nodier à Maupassant*, Corti, 1951.

Walter Benjamin, *Zentralpark, fragments sur Baudelaire*, in *Charles Baudelaire un poète lyrique à l'apogée du capitalisme*, Payot, 1982.

Georges Didi-Huberman, *L'Invention de l'hystérie, Charcot et l'Iconographie photographique de la Salpêtrière*, Macula, 1982.

Mario Praz, « La Belle Dame sans merci », « Byzance » et « Swinburne et le *vice anglais* », in *La Chair, la Mort et le Diable, le Romantisme noir*, traduit par Constance Thompson Pascali, Denoël, 1977.

Mario Praz, *Le Pacte avec le serpent*, notamment la deuxième partie, *Les Préraphaélites*, où deux chapitres sur Swinburne croisent des textes sur D. G. Rossetti, Bourgois, traduction Constance Thompson Pascali, 1989.

Michel Raimond, *La Crise du roman. Des lendemains du naturalisme aux années 1920*, Corti, 1966.

Schopenhauer, *Essai sur les femmes*, traduction de Jean Bourdeau revue et corrigée par Didier Raymond, Actes-Sud, 1993.

NOTICES ET NOTES

L'INUTILE BEAUTÉ

Cette nouvelle fut publiée en feuilleton dans *L'Écho de Paris*, du 2 au 7 avril 1890. Elle fut rééditée dans *La Vie populaire* en mai 1890 avec une illustration de Mucha gravée par Méaulle.

Maupassant eut besoin de plus d'un mois pour la rédiger : il fut satisfait du résultat et écrivait le 17 mars 1890 à Victor Havard : « *L'Inutile Beauté* est la nouvelle la plus rare que j'aie jamais faite. Ce n'est qu'un symbole. »

Page 36

1. On se souviendra que la promenade en fiacre, au bois de Boulogne, est l'occasion d'un retournement décisif dans *Bel-Ami* — un pas de plus dans le cynisme de Du Roy qui se met alors à penser : « Je serais bien bête de me faire de la bile. Chacun pour soi. La victoire est aux audacieux. Tout n'est que de l'égoïsme. L'égoïsme pour l'ambition et la fortune vaut mieux que l'égoïsme pour la femme et pour l'amour » (Folio, p. 270).

Page 40.

1. Dans le droit fil du Baudelaire des *Fusées* et du Schopenhauer de l'*Essai sur les femmes*, Maupassant perçoit très régulièrement les rapports amoureux comme des relations de guerre.

Page 42.

1. On rapprochera cet épisode du fait que, dans *Bel-Ami*, Mme Walter choisit l'église de la Trinité pour lieu de rendez-vous. Le chapitre IV de la seconde partie du roman décrit cette visite et ce lieu.

Page 43.

1. Voir *La Revanche* (*Le Rosier de Madame Husson*, Folio, pp. 141-143).

Page 45.

1. En un sens, ce thème des ressemblances physiques troublantes des parents aux enfants fait également l'objet de *Monsieur Parent*, de *Pierre et Jean* et de *Fort comme la mort*.

Page 49.

1. Opéra de Meyerbeer (1791-1864), considéré par certains comme le créateur de ce qu'on appelle le grand opéra français, *Robert le Diable* avait été créé à Paris en 1831 sur un livret de Scribe et de Lavigne. Il était régulièrement joué depuis lors.

2. Au troisième appel de la définition du verbe *lorgner*, Littré donne : « Regarder avec une lorgnette. Au spectacle, il lorgne toutes les femmes. »

Page 51.

1. Dans *Adieu*, dont le thème est proche de celui *L'Inutile Beauté*, deux amis parlent en dînant et constatent : « Et les femmes, mon cher, comme je les plains, les pauvres êtres. Tout leur bonheur, toute leur puissance, toute leur vie sont dans leur beauté qui dure dix ans. » Douze ans après, l'un d'entre eux est incapable de reconnaître une ancienne maîtresse : « C'était elle ! cette grosse femme commune, elle ? Et *elle avait pondu* ces quatre filles », nous soulignons (*Contes du jour et de la nuit*, Folio, pp. 209-215).

Page 53.

1. Ce propos n'est pas sans rappeler l'ouverture des *Caresses* (*Contes et nouvelles I*, bibliothèque de la Pléiade, p. 952).

2. Dans un style plus scientiste, il pourrait y avoir là un écho du *Rêve de d'Alembert* de Diderot. On rappellera qu'en présentant les *Soirées de Médan*, dans *Le Gaulois*, Maupassant l'avait défendu : « Nous nous plaignons de ce que l'œuvre de Hugo ait détruit en partie l'œuvre de Voltaire et de Diderot », écrivait-il en s'en prenant au romantisme.

Page 60.

1. La démonstration est schopenhauérienne. Dans l'*Essai sur les femmes*, le philosophe notait : « La nature n'a donné à la femme pour se défendre et se protéger que la dissimulation » (traduction Jean Bourdeau, revue et corrigée par Didier Raymond, Actes-Sud, 1987, p. 25).

LE CHAMP D'OLIVIERS

Achevée à la mi-janvier 1890, la nouvelle fut publiée en feuilleton dans *Le Figaro* entre le 19 et le 23 février 1890. Elle fut reprise dans *La Vie populaire* en juin 1890 et, dans les *Contes choisis* des Bibliophiles français de 1892, elle paraît illustrée par Paul Gervais et gravée par Boussot et Valadon.

Dans la *Revue d'histoire littéraire de la France* de novembre-décembre 1974, André Vial la rapproche, à la suite du narrateur lui-même, p. 87, du *Comte de Monte-Cristo* et Louis Forestier, dans la notice qu'il lui consacre, du *Rêve* de Zola (publié en 1888).

Page 67.

1. Sur ce motif, on se reportera aux découvertes de Jeanne à la mort de sa mère dans *Une vie* et à *Nos lettres* (*Contes et nouvelles*, II, p. 1026).

Page 70.

1. Il y a là comme un mélange des deux prêtres contradictoires d'*Une vie*, l'un bon vivant, l'autre exalté, l'abbé Picot et l'abbé Tolbiac.

Page 78.

1. Voir la Passion du Christ, Luc, 22, 39-44 : « Il sortit et se rendit comme d'habitude au Mont des Oliviers et les disciples le suivirent (...) Lui s'éloigna d'eux à peu près à la distance d'un jet de pierre ; s'étant mis à genoux, il priait disant : "Père, si tu veux écarter de moi cette coupe (...)". Pris d'angoisse, il priait plus instamment et sa sueur devint comme des caillots de sang qui tombaient à terre » (voir également Matthieu, 26, 36-41, et Marc, 14, 32-38.)

Page 82.

1. Voir *Un fils* (*Contes de la Bécasse*, Folio, p. 147).

Page 86.

1. *Gouape* est selon Littré un terme argotique de Paris qui désigne les vagabonds et les propres à rien.

Page 89.

1. Selon Littré, « jaboter c'est parler ensemble d'une voix peu élevée (...). En effet, étymologiquement, jaboter, c'est parler pour ainsi dire dans son jabot, de près... ».

Page 92.

1. *Chouriner* équivaut à suriner : assassiner à coups de couteau.

2. La scène est ici sadique. On trouvera d'autres éléments de cet ordre dans *L'Âne* (*Miss Harriet*, Folio, p. 163), *Le Vagabond* (*Le Horla*,

Folio, p. 168), ou *L'Assassin* (*Le Rosier de Madame Husson*, Folio, p. 95).

Page 96.

1. La première version de la fin, telle qu'elle avait été publiée dans *Le Figaro*, commençait ici. Nous la reproduisons ci-dessous :

« ... Marguerite alors, un peu rassurée par la présence des fusils et des haches, raconta qu'un maoufatan venait d'assassiner son maître, et avait failli la tuer elle-même, car elle était entrée juste au moment du crime accompli.

On prit mille précautions en approchant de la maison qui fut cernée et envahie comme un bastion enlevé d'assaut, et on découvrit en effet, dans la salle à manger, l'abbé Vilbois, la gorge ouverte et gisant sur le dos dans une mare de sang déjà coagulé.

À l'autre bout de l'appartement, un homme dormait, d'un sommeil profond. L'Arlésienne criait : « Non, il ne dort pas... tuez-le... voilà le couteau... »

Et elle montrait sur la nappe un couteau sanglant près d'une assiette presque remplie aussi de sang qui avait dû jaillir de la blessure.

L'assassin semblait toujours dormir. On le souleva, on le secoua, on le battit. Il ouvrit les yeux et parut ne rien comprendre, car il avait l'air tout à fait ivre.

On lui montra le mort avec sa plaie horrible qui faisait un trou rouge entre la poitrine et la tête. Il en eut grand-peur.

Le maire et les gendarmes arrivèrent et, après les constatations d'usage sur la position du cadavre, celle du prétendu dormeur, sur la place où l'instrument du crime avait été retrouvé, sur la chute de la lampe qui laissait supposer une courte lutte, on reçut la première déposition de la servante.

Elle raconta et affirma, sous la foi du serment, qu'elle était entrée à l'instant où l'homme se tenait encore penché sur le prêtre ; et qu'il s'était aussitôt précipité sur elle le couteau levé. Elle n'avait dû son salut qu'en lui jetant à la tête son luminaire et en se sauvant à toutes jambes. On retrouva en effet le quinquet de cuisine de la servante auprès de l'endroit où le vagabond dormait ou feignait de dormir. La preuve semblait faite.

Mais on se perdit en conjectures sur la raison qui avait pu déterminer le meurtrier à rester sur le lieu du crime au lieu de fuir.

Une voix dit :

— Il était trop saoul pour s'en aller.

. . . .

Philippe-Auguste fut jugé à Aix, en Provence, et condamné à mort. Jusqu'au dernier moment il protesta de son innocence avec une énergie désespérée qui ébranla souvent la conviction de ses juges.

Mais les charges contre lui étaient accablantes, aggravées surtout par la déposition de la bonne.

Pour se défendre, il racontait une histoire bizarre, d'où il serait résulté que l'ecclésiastique était son père naturel. On ne le crut pas ; car l'idée ne vint jamais à personne que l'abbé Vilbois, peut-être, avait pu se couper la gorge.

Le prévenu, à bout d'arguments, appela le témoignage d'un honorable sénateur, M. le comte de Pravallon. Mais les renseignements fournis par ce témoin sur les antécédents de l'accusé furent si déplorables qu'ils déterminèrent sa condamnation.

Il fut guillotiné en place publique. »

MOUCHE

Publiée dans *L'écho de Paris* du 7 février 1890, cette nouvelle fut reprise en supplément dans *La Lanterne* du 4 décembre 1890 ainsi que dans les *Contes choisis* des Bibliophiles contemporains de 1892 avec des illustrations de Ferdinand Gueldry, gravées par Fillon. Sur le personnage de Mouche, on consultera le chapitre « Bords de Seine » dans le *Maupassant par lui-même* d'Albert-Marie Schmidt. On la rapprochera des figures féminines de *La Femme de Paul*, *Une partie de campagne*, *Au printemps*, *Sur l'eau*...

Page 98.

1. Voir à ce sujet la préface, p. 12.

Page 99.

1. Sur l'eau on consultera les pages d'Albert-Marie Schmidt dans son *Maupassant par lui-même* — « Puissance de l'eau » et « Bords de Seine ».

2. Sur la colonie des crépitiens que Maupassant fonda réellement avec ses amis canotiers et joyeux compères des bords de Seine, on consultera encore Albert-Marie Schmidt, *op. cit.*, « Brimades et farces paniques ».

Page 100.

1. *N'a-qu'un-Œil*, le roman de Cladel, fut publié en 1882.

2. Joseph Prunier fut un temps le pseudonyme de Maupassant et Louis Forestier propose de voir en « Petit-Bleu », Léon Fontaine, en « Tomahawk », Henry Brainne, en « La Tôque », Robert Pindron et en « N'a-qu'un Œil », Albert de Joinville.

Page 101.

1. Le *tafia* est une eau-de-vie que l'on confond parfois avec le rhum.

Page 102.

1. Maupassant fit un tel voyage durant l'année 1887. Il en rendit compte dans *De Paris à Heyst*.

2. Selon Littré, la *cantharide* est une mouche dont on utilisait la poudre qui passait à tort pour un aphrodisiaque.

LE NOYÉ

La nouvelle fut publiée dans *Le Gaulois* du 16 août 1888. Avec *Un cas de divorce*, *Les Vingt-cinq francs de la supérieure*, *L'Infirme* et *Un portrait*, elle fait partie des premières pièces rédigées réunies par le recueil de 1890. Elle fut reprise dans *L'Écho de la semaine* le 6 juillet 1890 et dans *La Vie populaire* le 21 août 1890, avec une illustration de Borione, gravée par Méaulle.

Y voyant une histoire de revenant, Louis Forestier la rapproche des premiers textes de Maupassant, du *Docteur Héraclius Gloss* notamment. Nous ne pouvons nous empêcher d'y voir de nombreux échos à l'un des *Trois contes* flaubertiens : *Un cœur simple*. Personnage principal de celle-ci, le perroquet Loulou a suscité une bibliographie à laquelle on se reportera (les notes de l'édition Louis Conard du recueil, p. 69 et René Descharmes et René Dumesnil, *Autour de Flaubert*, t. II, Mercure de France, 1912, par exemple). Ce perroquet aurait existé et Flaubert l'aurait vu : il aurait appartenu à son ami Pierre Barbey, ancien capitaine au long cours, en 1861-1864.

Page 111.

1. Fil : d'après Littré, « de l'eau-de-vie très forte et, en général, tout ce qu'il y a de plus fort ».

Page 113.

1. *Sacrer* : d'après Littré, « terme familier : jurer, blasphémer ».
2. *Manne* : panier d'osier à deux anses plus long que large.

Page 120.

1. On peut songer ici à *Un cœur simple* de Flaubert où le perroquet Loulou remplace dans le cœur de Félicité son neveu Victor disparu en mer.

L'ÉPREUVE

Cette nouvelle fut d'abord publiée dans *L'Écho de Paris* du 13 juillet 1889. Elle fut reprise dans le supplément de *La Lanterne* du 2 février 1890 et dans *La Vie populaire* du 28 août 1890, avec une illustration de Borione, gravée par Méaulle.

Page 123.

1. Célèbre, la terrasse de Saint-Germain fut construite par Le Nôtre en 1672. Maupassant a décrit ailleurs, dans *Bel-Ami* ou *Monsieur Parent* notamment, les charmes du panorama qu'elle offre.

LE MASQUE

La nouvelle a d'abord été publiée dans *L'Écho de Paris* du 10 mai 1889. Elle fut reprise dans le supplément de *La Lanterne* du 14 novembre 1889 et dans *La Vie populaire* du 10 août 1890 (avec un dessin de Mucha, gravé par Méaulle).

Avec *Mouche*, elle incarne l'aspect mélancolique de ce dernier recueil : il y est question de ce qui fut et n'est plus, de la jeunesse et de ses plaisirs. Elle se rapproche à cet égard de l'obsession du vieillissement que vivent cette même année 1889 les deux héros de *Fort comme la mort* : Mme de Guilleroy et Olivier Bertin.

Du point de vue thématique, il faut insister ici sur le motif du masque qui réfracte à sa façon le souci obsédant du double. On consultera notamment Edward D. Sullivan (« Maupassant and the motif of the mask », *Symposium*, printemps 1956), les remarques de Micheline Besnard Coursodon (*Étude thématique et structurale de l'œuvre de Maupassant*), et Louis Forestier (« Maupassant ou le jeu des masques », préface à l'édition Folio de *Boule de suif*).

Ce dernier note en outre que la figure du masque était alors à l'honneur dans les travaux de Charles Blanc et des Goncourt sur l'art du XVIIIe siècle. Elle joue aussi son rôle dans *L'Éducation sentimentale* au cours du bal chez Rosanette.

Page 135.

1. Tout près du cabaret *Le Mirliton* d'Aristide Bruant, *L'Elysée-Montmartre* (Boulevard Montmartre) était un bal public. Toulouse-Lautrec le fréquentait avant de lui préférer *Le Moulin-Rouge*. Les quadrilles y avaient des surnoms et Maupassant les reprend ici.

Page 136.

1. À propos de *gommeux*, Littré note : « Le dernier nom du jeune homme à la mode, de celui qu'on a appelé muscadin, mirliflore, dandy, lion, gandin, petit crevé... »

2. Ce musée singulier avait été créé quelques années auparavant, en 1882, par le dessinateur Alfred Grévin.

Page 138.

1. Ce contraste n'est pas sans rappeler le poème de Baudelaire lui aussi intitulé « Le Masque », dans *Les Fleurs du mal*, recueil qui marqua, comme on sait, Maupassant et sa génération.

Page 139.

1. D'après Littré, *godelureau* : « Familièrement et par dénigrement, jeune homme d'une conduite étourdie, qui fait le joli cœur auprès des femmes. »

UN PORTRAIT

Ce texte a d'abord paru dans *Le Gaulois* du 29 octobre 1888. Il fut repris dans *L'Écho de la semaine* du 25 août 1889 et dans *La Vie populaire* du 7 septembre 1890.

On notera que c'est l'avant-dernier qu'il donna au *Gaulois* qui avait pourtant assuré, avec le *Gil Blas*, sa célébrité. Sur ces questions éditoriales, on consultera la notice de Louis Forestier aux *Dimanches d'un bourgeois de Paris, Contes et nouvelles*, bibliothèque de la Pléiade, I, p. 1308.

Page 149.

1. D'après Littré, *verveux* est un « néologisme : qui a de la verve ».
2. On rappellera en passant qu'Edmond de Goncourt parlait d'un intérieur de « soutenur caraïbe » à propos de la demeure de Maupassant, rue de Montchanin. Dans son *Maupassant par lui-même*, au contraire, Albert-Marie Schmidt évoque une *philosophie de l'ameublement* (*op. cit.*, pp. 78 à 87).

Page 150.

1. Les grands magasins du Louvre avaient été fondés en 1855. C'étaient alors les rivaux directs du *Bon Marché*. Tous deux inspirèrent Zola dans *Au bonheur des dames* (1883).

Page 151.

1. *Les Fleurs du mal, L'Amour du mensonge*, XCVIII.

L'INFIRME

Paru dans *Le Gaulois* du 21 octobre 1888, ce conte a été repris dans *L'Écho de la semaine* du 21 juillet 1889, *Les Annales politiques et littéraires* du 27 avril 1890, dans le supplément du *Petit Parisien* du 18 mai 1890, dans celui de *La Lanterne* du 30 novembre 1890 et dans *La Vie populaire* (avec une illustration gravée par Méaulle) du 25 janvier 1891.

Ce texte offre un modèle du genre qu'est le *conte*, si l'on accepte après André Vial et Louis Forestier que ce dernier se distingue de la *nouvelle* pour autant qu'un personnage y assume le récit, manifeste une certaine oralité et présente la situation dans laquelle la narration se produit.

LES VINGT-CINQ FRANCS DE LA SUPÉRIEURE

Ce texte fut d'abord publié dans le *Gil Blas* du 28 mars 1888. Il fut repris dans *La Vie populaire* du 22 juin 1890 (avec un dessin de Bertin gravé par Méaulle), et dans le *Gil Blas illustré* du 18 septembre 1892.

Page 161.

1. Le personnage rappelle ici celui de Toine.

Un cas de divorce

D'abord publié dans le *Gil Blas* du 31 août 1886, ce texte fut repris dans *La vie populaire* du 14 décembre 1890. C'est de loin le premier rédigé du recueil.

Pour ce qui concerne la « perversion » mise en place dans ce récit — l'amour des fleurs —, Maupassant mêle ici plusieurs éléments. Dans ses *Faits et significations*, André Vial a publié une lettre troublante de décembre 1890 par laquelle Maupassant remerciait très vivement Cazalis, auquel est dédié *L'Inutile Beauté*, du reste, d'un envoi de fleurs : « J'en suis fou ! Je suis à genoux ! Je les adore ! (...) Quelles vierges ! (...) Il me semble que deux fleurs sont venues à moi du bout du monde comme deux reines de Saba. » Mais peut-être l'auteur de cette lettre épousait-il à son insu l'un des traits de Des Esseintes puisqu'il avait rendu compte du livre de Huysmans (*À rebours*) dans sa chronique du *Gil Blas* du 10 juin 1884. Enfin, il rétorquait là aussi, sur un mode polémique à l'attaque dont il avait fait l'objet dans le *Très russe* de Jean Lorrain, paru en même temps que *La Petite Roque*, en mai 1886. Ce dernier en effet est le prototype du décadent esthète. Louis Forestier fait l'hypothèse qu'il s'agit avec ce récit du « dernier coup bas » dans la lutte qui les oppose l'un à l'autre (*Contes et nouvelles*, II, 1573). On consultera sur ce personnage Mario Praz, *La Chair, la Mort et le Diable (le Romantisme noir)*, Denoël, 1977, pp. 302-305 notamment.

Page 170.

1. Louis II de Bavière était mort peu auparavant, le 13 juin 1886, en se noyant dans le lac de Starnberg.

2. Par extension note Littré, *platonique* « se dit de ce qui n'a qu'un caractère idéal ».

3. Le souvenir des *Contes d'Hoffmann*, créés en 1881 (peu après la mort d'Offenbach en 1880) et sans cesse rejoués avec un immense succès, semble évident. Giulietta rêve auprès du Grand Canal (« belle nuit, ô nuit d'amour ») et Antonia chante à en mourir tandis qu'Hoffmann s'enivre.

Page 172.

1. Dans cette nouvelle qui se terminera sur le problème du décadentisme, on ne peut s'interdire de songer à l'impact des *Correspondances* de Baudelaire sur ses lecteurs des années 1880-1890.

2. On peut ici évoquer d'une part la maladie et les troubles oculaires

de plus en plus pénibles et préoccupants qui affectent alors Maupassant et, de l'autre, les lithographies d'Odilon Redon : *Vision*, 1879 ou *L'Œil comme un ballon bizarre se dirige vers l'infini*, 1882.

3. Il s'agit vraisemblablement de Lemierre (1723-1793), qui eut son heure de gloire et sombra dans l'oubli. On ne retint de lui que quelques vers dont celui-ci, extrait du chant I des *Fastes* (1779).

Page 173.

1. Cette tirade fait exactement pendant à *L'Inutile Beauté*.

Page 175.

1. Dans son édition des *Contes et nouvelles*, Louis Forestier remarque que « chez nombre d'écrivains de ce temps la serre intervient comme motif lié à l'érotisme, voire aux perversions sexuelles ». Dans le domaine littéraire, il signale notamment *Les Serres chaudes* de Maeterlinck ou *La Curée* de Zola; en peinture, les fleurs de serre de Gustave Moreau (1826-1898), Aubrey Beardsley (1872-1898) ou Dante Gabriel Rossetti (1828-1882). (bibliothèque de la Pléiade, II, 1576). On consultera également Mario Praz, *La Chair, la Mort et le Diable (le Romantisme noir)*, Denoël, 1977, p. 267 notamment.

Page 177.

1. Maupassant, qui avait fait examiner sa mère par Charcot, connaissait le maître de l'hystérie : on consultera notamment l'ouvrage de Georges Didi-Huberman : *L'Invention de l'hystérie, Charcot et l'Iconographie photographique de la Salpêtrière*, Macula, 1982 et *Maupassant, le Bel-Ami*, Armand Lanoux, Fayard, 1967, pp. 240-249.

QUI SAIT ?

Achevé à la mi-mars, ce texte fut d'abord publié dans *L'Écho de Paris* du 6 avril 1890. Il fut repris dans *La Vie populaire* du 28 décembre 1890 avec un dessin de Borione gravé par Méaulle, dans le supplément de *La Lanterne* du 15 mars 1891 et dans les *Annales politiques et littéraires* du 19 février 1893 où il était précédé de cet avertissement : « Des bruits sinistres ont couru cette semaine sur l'état de Guy de Maupassant. Nous sommes heureux d'offrir à nos lecteurs une des dernières pages qu'il ait écrites. On trouvera peut-être en cet étrange récit la première influence du mal qui terrasse aujourd'hui l'éminent et malheureux écrivain. » Maupassant mourut quelques mois plus tard. Les commentateurs insistent sur le caractère fantastique de ce récit et Louis Forestier le compare, notamment du fait de la présence d'un antiquaire, à *La Peau de chagrin* de Balzac. Tzvetan Todorov lui consacre en outre une analyse dans son *Introduction à la littérature fantastique*, Seuil, 1970.

Page 180.

1. *Sigurd* de Reyer, compositeur français (1823-1909) créé à Bruxelles en 1884, à Paris en 1885, est l'exemple accompli du wagnérisme dans l'opéra français. Après un succès considérable, il est tombé dans l'oubli.

Page 186.

1. Dans *Le Horla*, le héros voyage également pour se remettre de ses troubles nerveux.

Page 187.

1. C'est le trajet, suivi par Maupassant, que restitue *La Vie errante*.

Préface de Claire Brunet   7

L'INUTILE BEAUTÉ

L'Inutile Beauté   35
Le Champ d'oliviers   63
Mouche   98
Le Noyé   111
L'Épreuve   121
Le Masque   135
Un portrait   147
L'Infirme   153
Les Vingt-cinq Francs de la supérieure   161
Un cas de divorce   169
Qui sait?   178

DOSSIER

Chronologie   199
Indications bibliographiques   203
Notices et notes   206

DU MÊME AUTEUR

Dans la même collection

BEL-AMI. *Édition présentée et établie par Jean-Louis Bory.*

BOULE DE SUIF. *Édition présentée et établie par Louis Forestier.*

LA MAISON TELLIER. *Édition présentée et établie par Louis Forestier.*

UNE VIE. *Édition présentée par André Fermigier.*

MONT-ORIOL. *Édition présentée et établie par Marie-Claire Bancquart.*

MADEMOISELLE FIFI. *Édition présentée par Hubert Juin.*

MISS HARRIET *Édition présentée par Dominique Fernandez.*

CONTES DE LA BÉCASSE. *Édition présentée par Hubert Juin.*

PIERRE ET JEAN. *Édition présentée et établie par Bernard Pingaud.*

FORT COMME LA MORT. *Édition présentée et établie par Gérard Delaisement.*

CONTES DU JOUR ET DE LA NUIT. *Édition présentée et établie par Pierre Reboul.*

LE HORLA. *Édition présentée par André Fermigier.*

LA PETITE ROQUE. *Édition présentée par André Fermigier.*

MONSIEUR PARENT. *Édition présentée par Claude Martin.*

LE ROSIER DE MADAME HUSSON. *Édition présentée et établie par Louis Forestier.*

TOINE. *Édition présentée et établie par Louis Forestier.*

SUR L'EAU. *Édition présentée et établie par Jacques Dupont.*

NOTRE CŒUR. *Édition présentée et établie par Marie-Claire Bancquart.*

L'INUTILE BEAUTÉ. *Édition présentée et établie par Claire Brunet.*

YVETTE. *Édition présentée et établie par Louis Forestier.*

CLAIR DE LUNE. *Édition présentée et établie par Marie-Claire Bancquart.*

LA MAIN GAUCHE. *Édition présentée et établie par Marie-Claire Bancquart.*

LES SŒURS RONDOLI. *Édition présentée et établie par Marie-Claire Bancquart.*

LE PÈRE MILON. *Édition présentée et établie par Marie-Claire Bancquart.*

LE COLPORTEUR. *Édition présentée et établie par Marie-Claire Bancquart.*

Composition Euronumérique
Impression Novoprint
a Barcelone, le 20 juillet 2010
Dépôt légal: juillet 2010
1er dépôt légal dans la collection : mai 1996

ISBN 978-2-07-038721-2 / Imprimé en Espagne.